U0045865
天空之上的
永恆約定
Kono sora no uede
itsumademo kimi
wo matteiru
こがらし輪音
Waon Kogarashi
插畫／ナナカワ

我總覺得，
自己的人生
就是為了這個瞬間而活。

天空之上的永恆約定

kono sora no uede
itsumademo kimi
wo matteiru

こがらし輪音

輕
文學
Light Literature

序章

起始的一夜

那天，我趁著深夜外出散步。

因為我實在很想再看一眼，之前在院子裡放煙火時所見的星空，所以偷偷從奶奶家溜出門。我還記得自己決定要私下外出時，內心感到興奮不已，在順利跑出家門時更是倍感欣喜。

開心不已的我，在青蛙們的大合唱中，踩著雀躍的腳步快速跑過田間小路。

獨自一人欣賞的夜空當真是遼闊無比，而且近到彷彿伸手可及。在我的心底，甚至萌生出一股能將天上繁星全都據為己有、自己變得無所不能的感覺。

由於我始終仰望著夜空，因此才會沒注意到。

在田間小路的前方，有一道從未見過、奇形怪狀的身影。

我花了足足十秒鐘，才發現自己原先以為是小矮丘、白色且巨大的那個「東西」，其實是屈身蹲下的人影。能看見他先是驚慌失措地觀望四周，接著以緩慢的動作站起身。

如此巨大的白色人影，我之前怎會沒注意到呢？

冒出上述疑問的我，一開始很猶豫該選擇躲藏還是逃跑。

「那、那個……」

但是，我回想起老師曾經說過，看到有困難的人就要伸出援手，於是鼓起勇氣，出聲關切那道人影。

「你是誰？在這裡做什麼呢？」

回想起來，我相信就是從那天起，才真正展開自己的人生。

1. 最討厭夏天了

期末考結束的鐘聲響起，校內各處傳來些許歡呼聲。
近在眼前、名為「暑假」的獎勵，似乎讓在場每一位學生的眼中都閃著期待的光芒。
儘管在公布考試成績後，有少部分學生會一臉像是準備參加喪禮的模樣，不過這些人另當別論。總之，大家光是解決眼前的課題就已費盡心力，沒有餘力思考之後的事情。
對於學生而言，考試與放暑假是一體的，可說是好事與壞事相繼而來。
但我最真心的感受，是只希望有好事發生在自己身上。
「終於考完了～！」
放學後，群聚在教室後方的女同學們，和其他人一樣發出終於獲得解放的歡呼。
今天也與往常相同，即將展開一場既沒內容又沒意義的反省大會。
「我這次完全沒有念書，成績肯定很不妙啦～」
「我也一樣～比方說數學，在我眼中簡直是火星文嘛。」
「美鈴～這次的考試有把握嗎？」
「嗯，一般般吧。」

話鋒忽然轉到我——市塚美鈴身上，我以平淡的口吻回應後，朋友們都垂頭喪氣地伸出一隻手貼在額頭上。

「美鈴妳真厲害～哪像我完全沒把握，臨時抱佛腳果然很不切實際～」

「唉～真希望考試能從學校中消失～」

「對呀對呀～反正這對我們的將來也毫無益處～」

當女同學們宣洩著不滿並且互舔傷口時，回答「嗯，一般般吧」的我，與她們保持若即若離的距離，單手開啟自己的手機。

——無論她們是說實話或撒謊，先表示自己沒念書以確保退路的行為，也只是丟人現眼罷了。

排斥考試的想法，老實說我無法理解，畢竟最終仍舊無法改變學生得用功念書的結果。另外，考試期間可以在中午便放學回家，就我個人而言，反倒是在考試結束後，一想到之後又要重新回到被學校拘留八個小時的生活，心情就很鬱悶。

當然我不會把這些話說出口，因為明眼人一看就知道，其他人肯定會覺得我是在出言諷刺。

「美鈴～接下來要一起去唱卡拉ＯＫ嗎？」

「抱歉，因為我這個月換了新手機，荷包已經陣亡，所以先不參加，下次再一起去吧。」

其實我單純是不想參加，才隨口瞎掰個理由推辭。與其浪費珍貴的零用錢，讓人聆聽我那與門外漢無異的破鑼嗓子，倒不如待在開了冷氣的臥室裡打發時間，還比較有助於身心健康。反正等到放暑假之後，肯定會陪大家一起去唱卡拉ＯＫ到不勝其煩。

「這樣啊～真可惜，那就先暫定五人囉，地點要選哪裡？」

「最近車站前新開了一間卡拉ＯＫ，聽說還不錯，就去那裡吧。」

「ＯＫ，我也去約約看由子跟真紀。」

看她們立刻改口互相聊天的模樣，彷彿我打從一開始就不在場。

我把書包扛在肩上，為了避免干擾到其他人，靜靜地轉身離去，在場也沒有任何人開口與我道別。

我覺得沒有朋友也不會對自己造成困擾，不過惹家人擔心或是被人投以同情的眼神，著實令人不悅，因此我以不會為自己造成負擔的程度，表面上迎合其他人。恐怕我在這群朋友心中的分量也差不多，既然我都會隨便找個藉口推託邀約，她們自然也不會想要親近我。

我在鞋櫃處換好鞋子，一走出校舍出入口，豔陽便毫不留情地照射在我身上。吸了一口足以讓人窒息的熱氣，肺部宛如快被蒸熟，令我微微發出呻吟。

「好熱……」

我討厭夏天。

因為天氣很熱而且濕度很高，食物又容易腐壞，其中最糟糕的一點，就是各處都充滿蟲子。先不提只會發出惱人噪音的蟬，倘若遭遇行動敏捷的黑蟲，勢必一整天的心情都會相當憂鬱。這年頭的科技如此發達，卻未能把那些小東西逼出人類生活圈或全數消滅，令我不禁懷疑是殺蟲劑廠商與驅蟲業者，刻意把牠們散布在市區內。

我討厭夏天，對我來說夏天是個糟糕透頂的季節。

不過，如果問我是否喜歡冬天，老實說我也答不上來。雖然目前的想法是「冬天比夏天好多了」，但等到冬天實際來臨，我的答案或許會徹底翻轉吧。比方說，天氣冷得讓我完全不想離開被窩時，路面一積雪就導致交通阻塞時，騎著腳踏車害我的雙手與耳朵被凍到發疼時。經常有人為了找話題而詢問：「喜歡夏天還是冬天呢？」聽在我的耳裡，這根本是毫無意義的選擇題。假如可以的話，我希望北風與太陽能夠兩敗俱傷，通通從這個世上消失。

老實說，我認為這個世上有太多毫無意義的事。

比方說名號、排名、學歷、藝術、八卦、基準、程序、體制等形形色色的事物。我相信大家或多或少也有類似感受，但是就算抱有這種想法，整個社會的氣氛卻不容許把這種事說出口。少部分的大人物，曾針對一些匪夷所思的事，以冠冕堂皇的理由把話說得口沫橫飛，不相關的大眾則是一知半解地與之同調。即便釐清了宇宙誕生的原因，也無法讓貧窮與戰爭從世上消失，相信大家都明白這個道理。

有時我不禁認為，唯獨自己與其他人身處在不同的世界。似乎有人會因為正確的言論或真心話而痛哭與動怒，我卻完全無法理解這種感受。如果當真被人說中自己的缺點，就應該坦率反省；若是無憑無據的臆測或誹謗，只需義正詞嚴地糾正對方即可。藉由發洩自我情緒來博取對方的共鳴與認同，說穿了是一種卑鄙的行徑。假若想玩誰說話比較大聲就是贏家的遊戲，拜託請去唱卡拉ＯＫ就好。

我將無處宣洩的怨氣強行吞進肚裡，深深發出一聲嘆息。

我也同樣不願像這樣鑽牛角尖，想思考其他更快樂有趣的事。問題是在現實中，用功念書很容易令人乏味，運動也無聊透頂，而交朋友時絕大多數會碰上讓人生厭的情形，至於小說、電影、音樂、動漫、電玩或時下流行的事物，我則是完全不懂那些東西哪裡有趣。雖然有時會遇到滿意的作品，但大部分情況下，我感興趣的作品都會遭到腰斬，就這麼無疾而終。

無法熱銷的作品，因為不被需要慘遭淘汰。在這個過度消費的社會裡，這是必然的原則。

——既然如此，喜歡上不被需要事物的我，又算是什麼呢？

我不自覺地停下腳步。

被汗水沾濕的制服襯衫，緊密地黏貼在肌膚上，明明身處炎炎夏日，我卻感到不寒而慄。像這種沒營養的哲學思考，往常我都會在腦裡一笑置之，唯獨今天辦不到。進行如此無意義的聯想遊戲，到頭來出乎意料地得出否定自我的結論，令我恐懼到無以復加。

更糟糕的是目前一人獨處，沒有其他事情能轉移注意力。當我一反平日作風，心想早知道就跟朋友去唱卡拉ＯＫ而開始後悔時——

「……嗯？」

一道可疑的身影出現在我的視野角落。

一名穿著襯衫與長褲的男學生，東張西望地環視周圍後，快步衝進路旁的樹林裡。遠看像是一名身材矮小的國中生，不過那身打扮，確實是我就讀的高中的制服。

而且，我莫名覺得那位男學生看起來很眼熟。

但酷暑干擾了我的思緒，令我的大腦暫時停止運作。真要說來，我就連同班女生的名字都記不太清楚，一名距離那麼遠的男同學，我哪有可能想得起他的名字。

那名男學生似乎不希望被人瞧見自己跑進樹林裡。我明知他的想法，卻很猶豫是否該裝作沒瞧見。

——反正現在閒來無事，就偷偷跟在他的後面吧。

部分是基於對人生與現代社會等此類宏觀事物抱持的不滿，於是我懷著惡作劇的心態，決定跟蹤這名男同學。

「……唉～真煩人……」

樹林裡的草木，遠比乍看之下更加茂密，我現在已分不清先走一步的男同學到底跑去哪裡。越是深入樹林，我的樂福鞋就被泥濘弄得越髒，揮不掉的蜘蛛網也令人心煩，但若是就此放棄折返，總覺得自己好像輸給無所謂地踏進這片樹林中的男學生。

就算這是毫無意義且自作多情的堅持，那又怎樣？我目前就是想專注在這件沒有意義的事情上。倘若沒能搞清楚那名男學生是誰，又是為何闖進這種地方，便會白白浪費自己至今的努力。所以，你這個小渾蛋別再躲藏，快給我滾出來——我在心底咒罵著這段不讓鬚眉的怨言，同時專心一志地繼續前進，終於聽見樹林深處傳來奇妙的聲響。

我停下腳步，豎起耳朵聆聽。那感覺上像是硬物碰撞發出的聲響。我快步朝著撞擊聲的來源前進。比起滿足好奇心，心中反倒是充滿終於能打道回府的安心。

接著，視野變開闊，面對映入眼簾的光景——

「……」

我一時之間說不出話。

耀眼奪目的夏日陽光，在沒有被任何障礙物遮蔽的情況下，灑落於樹林環繞的這片圓形空地。

不過仲夏太陽照耀的物體——是一座堆滿破銅爛鐵的垃圾山。

未經處理的垃圾堆積如山，一看就知道是非法棄置的大型垃圾，例如老舊的洗衣機、看似商用的冰櫃、腳踏車、機車，以及相較之下還算新的薄型電視、DVD播放機等等物品。由各種垃圾堆積而成的小山，實際高度應該達五公尺左右。

在這座小山的山頂，有一個外型極為詭異的垃圾，不過再瞧仔細一點，就能發現那個

垃圾正在移動，以緩慢的速度翻找垃圾。一部分的垃圾山隨之崩塌，發出碰撞的聲響。

喀鏘、喀鏘喀鏘鏘喀鏘鏘鏘——

「……啊。」

我不由得發出驚呼。原先維持著微妙平衡的諸多垃圾開始滑落，那人的立足點跟著瓦解。他暫時站穩腳步，卻因為我發出聲音而看了過來，導致接下來的悲劇成真。

「嗚哇啊？」

由於那個人轉動身體，一個重心不穩，導致他踩在腳下的微波爐從垃圾山上掉下來。失去立足點的他，整個人悽慘地重摔在垃圾山中，掀起一陣高揚的塵土後摔落在地。

「……」

「……」

趴在地上的他，與我四目相交的下個瞬間——

「……啊。」

「……嗯？好痛！」

從上方落下的鐵罐，不偏不倚地砸在滿身瘡痍的他頭上。

面對這幕有如經典漫畫橋段的光景，我不知是該擔心、放聲大笑還是轉身離去，最後決定採取最不會惹事生非的應對方式。

「那個……你沒事吧？」

「我沒事……才怪……我還以為自己死定了……」

男同學以單手撐住自己的膝蓋，費了好大的勁才站起身。單就他目前的舉動，或許能說是不屈不撓、令人感動的一幕，不過實際情況是他在垃圾山上一腳踩空，從上面摔下來，可說是蠢到無藥可救。

男同學神情痛苦地觀察自身傷勢，稍微檢查過後，小心翼翼地拍掉襯衫與長褲上的灰塵。

「妳突然發出聲音，害我嚇了一跳。話說妳跑來這裡做什麼？」

「咦？這句話是我要對你說的吧。」

男學生一副像是置身事外的模樣，提出出乎意料的問題，我略感吃驚地把問題拋回去給他。

我之所以對此人有印象，可說是理所當然，因為他是我的同班同學。

記得他的姓氏是東屋，名字就沒印象了。

原以為東屋會注視著我，但他隨即用下巴指了指垃圾山說：

「難道妳看不出來嗎？我在收集垃圾。」

「咦？我這句話的意思，是想問你為何要這麼做呀。」

由於東屋的語氣聽起來就像是瞧不起人，因此我也有些話中帶刺。真希望他剛才摔倒的角度不好，直接一頭撞暈過去。

東屋看似很猶豫該如何回答，暫時陷入沉默，接著他轉身走向垃圾山，語重心長地開口解釋：

「這裡乍看是一座骯髒的垃圾山，但出乎意料有挺多東西還能夠使用，也有許多只要換個幾百圓的保險絲或銅線就可修復的物品。不過比起送修，買新的既輕鬆又合乎利潤，假如回收舊物的賺頭不足，也就無法輕易實現循環利用的社會。像這樣大量消費的社會，當真十分可悲呢。」

「麻煩你別不著邊際地轉移話題好嗎？」

我開始感到不耐煩，畢竟自己並非為了聆聽這類回收與環保的高談闊論，才跑來這種地方。

「你究竟在幹什麼？難道因為家境貧困才跑來收集垃圾，藉此回收再利用嗎？」

「嗯，可以這麼說。」

跳到垃圾山上的東屋隨口回應一句話，便繼續默默地翻找垃圾。他在推倒、取出並且鑑定過後，似乎依據一定標準，將垃圾分門別類擺放在地上。

我故意用力嘆一口氣，卻被垃圾碰撞的聲響掩蓋過去。我在這樣的大熱天裡，特地穿過樹林跑來一看，竟然是碰見一位腦袋有問題、不停翻找垃圾山的同班同學。假如這裡是東屋藏匿A書的地點，至少還能當成與人八卦的話題。

不過——

東屋全神貫注收集垃圾的身影，神采奕奕到不像是單純基於撿便宜的念頭，或是無謂的怪癖使然。頂著炎炎夏日、伸手抹去汗水的東屋，不時能窺見他露出笑容。

完全無法理解這麼做有何樂趣的我，以略顯鄙視的語調向東屋提問：

「這麼做很有趣嗎？」

「嗯，非常有趣。」

東屋頭也不回地立刻回答，話中聽不出任何諷刺的意味。

突然，我沒理由地感到一陣自我厭惡，留下一句「這樣啊」的簡短回應後，便轉身離去。

我沿著原路踏上歸途。既然他那樣樂在其中，我實在不忍心繼續干擾。

雖然對我來說一點都不有趣，不過重點在於當事人覺得開心。就算我無法理解，也不該對東屋的興趣說三道四。反正這些都與我無關。如果東屋真的那麼喜歡垃圾，乾脆直接跟垃圾結婚算了。

——不過我這個人，對任何事都不感興趣。

數十分鐘後，我終於回到由水泥磚組成的人行道上。眼前的光景，乾淨得讓我有種置身於異世界的感覺。

如今重提此事已經太遲，但當我意識到自己離去時，東屋並沒有挽留我之後，我沒由來地感到一陣惱怒。

隔天，第一節下課後，我原是一如往常地待在教室後方，心不在焉聽著朋友們交談，但接著走向坐在第一排座位、趴在桌上睡覺的東屋，輕輕朝他的後腦杓揮出一記手刀。

「好痛！」

東屋的額頭偏離手臂，直接撞在桌面上。

他睡眼惺忪地抬頭看著我，大舌頭地出聲提問：

「……四總同鞋，早偶有素嗎？」

「有事的是你才對。」

我以五味雜陳的心情回答，用下巴指了指剛才英文課結束後，尚未清理的黑板。

「你是值日生吧，快把黑板擦乾淨。」

終於清醒的東屋，靈敏地從座位上起身，笑著向我道謝。

「啊，對耶，謝謝妳提醒我。」

瞧東屋完全不計較我剛剛用手刀打他，令我萌生一股罪惡感，因此扭過頭去冷漠地回應：「……沒什麼。」

若是導致課程延誤，只會給其他人添麻煩。另外，我莫名對東屋感到火大。瞧他剛才上課時幾乎都在睡覺，一般人坐在第一排的座位，哪敢如此明目張膽地打瞌睡。你這個傢伙，昨晚到底在做什麼？

回到教室後方的我，觀察著為了清理黑板而陷入苦戰的東屋。個子矮小的東屋，即便用力往上伸手，依舊擦不到寫在黑板頂端的文字，因此他盡可能以指尖捏住板擦的底端，竭力想把黑板擦乾淨。

東屋的手臂不斷顫抖，那樣可是會讓板擦從手中掉下來……啊，因為板擦砸在頭頂上，他現在變得跟河童沒兩樣，這就是我原先想警告他的。這小子應該要搞清楚自己的斤兩。我指的當然是他的身高。

眼前情況與昨天的畫面重疊在一起，令我不自覺地沉吟。

「……嗯……」

依目前觀察，東屋的舉止相當正常，對我沒有特別警戒。經過一晚後，我現在不禁認為昨天看到的全都是一場夢。但若真是如此，那也挺不妙的——

「……那個，美鈴？」

此時我回過神來，這才發現有位同班同學正一臉擔心地看著我。

「咦？啊，抱歉，古古亞，妳剛才說了什麼嗎？」

她名叫高梨古虎亞，綽號是古古亞。無論是偏亮的褐色頭髮、捲短的制服裙襬、廣泛的交友圈以及清脆的嗓音，完全是個可以歸類為現代女高中生的同班同學。起初光看她的外表，我以為自己跟她處不來，但是多虧她不挑對象、喜歡四處結交的個性，她經常跑來纏著我。即使我多少覺得她挺聒噪的，但由於有她在，就不必擔心無法掌握最新情報或是班上的人際關係，因此我基於惰性，就加入她所屬的小圈子裡。

「沒事，我並沒有說什麼……倒是妳怎麼了？」

「咦，我剛才怎麼了嗎？」

我不加思索地反問，這位名字取得閃亮亮的女孩，露出一臉完全不閃亮亮的凝重表情，點了點頭回答說：

「妳到底是怎麼了？瞧妳剛才的眼神，簡直像是曾經殺死過一個人喔。」

「真的假的……」

看來自己比想像中的更失常。我用手指抵住眉心，將皺著的眉頭推開。

可是，真正有問題的人不是我，而是東屋，以及知道殺人犯有著何種眼神的古古亞。

「妳一直看著東屋吧，難道是很在意他嗎？」

「並沒有，我對戀愛不感興趣。」

以某種角度來說，我確實是在意東屋，但我故意對古古亞的好奇心潑了冷水。

我並沒有跟任何人提起昨天前往垃圾山一事。畢竟孤男寡女在樹林裡見面，單就字面上來看，下場保證是遭人調侃。我光是在腦中想像，就覺得情況肯定會無比麻煩。

「美鈴，妳老是說這種話～難不成比起男生，妳更喜歡女生嗎？」

「沒那回事。」

我已經說過，自己對於戀愛不感興趣吧。

與她們交談時老是這樣，每次一開口就是誰對某位班上同學或是某位藝人很在意，要不然就是誰喜歡誰以及誰與誰開始交往了，彷彿挑起話題能展現某種能力值似地侃侃而談。假如只是她們自己討論得很熱絡，我也沒意見，不過情況失控到把當事人以及不感興趣的人也捲入其中，我就無法理解了。這麼做又不能累積經驗值，也無法提升個人魅力，更是對誰都沒好處。古古亞啊，我倒是認為妳要多在意一點自己的成績與名次喔。

附帶一提，東屋的名字好像叫做「智弘」，普通得能帶給我一絲感動。總之，閒話到此告一段落。

這群朋友宛如嘰嘰喳喳的小麻雀，聊到現在仍沒有停歇的跡象。儘管她們老是這樣，但我也挺佩服她們都已經聊了這麼久，話題卻始終沒有耗盡的時候。

將這些多餘情報當成耳邊風的我，把目光移向窗外，一臉憤恨地稍稍嘆一口氣。

——人生還真是無聊。

我最討厭的夏天，似乎還得等上很長一段時間才會結束。

當天放學後，我邁開腳步走向昨天那座樹林。

先前我說過這個月的手頭有點緊，讓我很猶豫要不要跟朋友一起去逛街，但若直接回家，除了完成暑假作業以外也無事可做。比起那些早已知曉答案的問題，我更好奇東屋智弘讓人一頭霧水的詭異行徑。

可是當我抵達垃圾山時，並沒有看見東屋的身影。失去東屋的這些垃圾，看起來像是失去了最後歸屬，現場瀰漫著一股難以言喻的寂寥。

我離開陰涼的樹蔭，走向垃圾山附近，猶如在尋找寶藏或挖掘物品似地凝神注視。不過，即使仔細觀察，它們仍是一堆沒有任何特別之處的大型垃圾。昨日與東屋道別之際，他擱置在地上的各種垃圾，我也看不出有什麼值錢的地方。

我的一頭黑髮被直射的陽光逐漸烤焦。光是站在大熱天下，已讓人十分疲憊，我竟然還為了這堆垃圾消耗不少體力，現在只覺得自己是否瘋了不成。

我正揣測著東屋的意圖而陷入沉思時，樹林裡傳來一陣樹葉磨擦的窸窣聲。

我漫不經心地望向聲音來源，意料中的人物隨即映入眼簾。

「啊，妳今天也來啦。」

看著一臉悠哉、舉起一隻手打招呼的東屋，我忽然覺得認真思考此事的自己十分愚蠢。

為了發洩心中的不滿，我刻意擺出略顯高傲的態度回應：

「難道我不能來這裡嗎？」

「我沒有這個意思啦。」

東屋絲毫沒有把我這種略顯惡意的反應放在心上，隨手將書包擺在地上，開始逐一檢查昨天收集到的垃圾。

他有時會透過陽光觀察物品，有時會用指頭輕彈，在重複上述動作的同時，他繼續把話說下去。

「我昨天忘記提醒妳，希望妳別對其他人透露我在這裡做的事情。」

「就算你沒提醒我，我也不打算說出去。」

總覺得被人誤認為是個大嘴巴的女生，於是我以刻薄的語氣回答。而且，若是把這件事說出去，對我造成的負面影響更為嚴重。我也不認為一個翻找垃圾的高中生，與我有任何交涉的餘地。

東屋停下檢查的動作，對著單純經過各種精打細算而得出上述結論的我，露出一臉坦率的笑容。

「謝謝妳，市塚同學，妳真溫柔呢。」

「……這沒什麼。」

東屋率真的一句話，幾乎與我的內心形成對比，令我覺得胸口深處傳來一陣刺痛。與東屋交談時，總會令我對自己扭曲的個性感到厭惡。

東屋再次集中精神把玩著垃圾，我向他的背影說出心底的疑問：

「這麼做很有趣嗎？」

「哈哈，妳昨天也問了相同的問題耶。」

開懷大笑的東屋，看起來彷彿事不關己。他難以捉摸的態度令我感到火大。

東屋如同想藉此代替回答，也對我提出相同的問題。

「市塚同學，妳只是一直待在旁邊看，會覺得有趣嗎？」

「一～點都不有趣。」

我像是終於等到這個問題般，不加思索地說出答案。

而且我不光只是回答這句話，也毫不避諱地將最老實的想法全說出來。

「我搞不懂你這麼做究竟有何樂趣，或是有何意義。原先我以為你是貧窮到必須收集垃圾，不過看起來又並非如此。我不清楚你是以何種基準將垃圾分門別類，但你根本沒打算把那些東西搬回家吧。」

「那還用說？假如我把這些東西帶回家，可是會挨罵的。」

東屋仍以半開玩笑的口吻回應，但他說出的答案與先前相去甚遠。他昨天說過，打算回收再利用這些垃圾。

「那你又是為什麼——」

聽見我提問的東屋，突然站起身來，輕輕拍掉雙手上的髒汙。

「好吧，雖然我不想告訴任何人，但就當作是請妳幫我保密的回禮。」

東屋說完，便遠離垃圾山，邁步走向其他地方。

「跟我來。」

東屋嘴上說「不想告訴任何人」，腳步卻顯得莫名輕盈。他以為自己是明明才強調「不許跟其他人說喔～」，卻笑著到處散布消息的女生嗎？總覺得東屋跟我交換性別，或許會剛剛好。

東屋看著難掩訝異、緊跟在後的我，伸手指向長滿雜草的一處地面。

他所指之處，有個用藍色塑膠布蓋著的東西。由於突起的部分很像是人體的形狀，隨即聯想到屍體的我反射性地繃緊全身。

東屋沒有理會嚇得屏住呼吸的我，逕自將塑膠布取下——見到露出全貌的那個「東西」，我不禁瞪大雙眼。
「……這是……什麼？」
東屋似乎沒聽見我語氣平淡的提問，略顯得意地開口解釋：
「雖然外型不好看，但我可是費了一番功夫才組裝到這個程度。畢竟我沒有適當的材料、道具與知識，就某種角度來說，這也是是理所當然。特別是窗戶的部分，我實在找不到適合的替代品……」
「不是啦，比起那件事，這是什麼啊？」
在我提問時，內心早已料想到這個「東西」究竟是何物。
全長差不多兩公尺吧，由金屬板與硬質塑膠組裝的外觀，看起來十分不牢固，感覺上我只要一腳踢過去，就能把它當場踹壞。此物體為直徑一公尺左右、近似於多角形的圓筒狀，頂端則呈現圓弧狀。單以目前描述的部分，多少像是一個品味很差的棺材或時光膠囊，但再加上兩側刻意加裝一對直角三角形的尾翼，結論差不多呼之欲出了。
滿頭大汗的東屋，神情欣喜地對著愣在原地的我說出答案。
「這是火箭，我要搭乘它飛向宇宙。」
「……」

彷彿填補眼下的沉默般，現場颳起一陣風。

我認為東屋的行為愚蠢至極。畢竟他每天都得在這樣的酷暑中，沉浸於這堆垃圾裡，我會這麼想也是無可厚非。即便如此，我內心深處仍有一絲期待，覺得東屋會做出這種行徑，其實有某種深刻的意義。因為他在學校裡並沒有素行不良，也未曾做出任何引人側目的行為。

但是我這樣的認知，現在已被另一個感想取代。

「……喂，你該不會是腦袋有問題吧？」

名為東屋智弘的男學生，只是個愚蠢的大笨蛋罷了。

konosora no uede
itsumademo kimi wo matteiru

2. 垃圾山的國王

此刻正值國小、國中、高中生共通的休閒時光，也就是珍貴的午休時間。

「……嗯……」

我沒有理會朋友們的談天，專心觀察著東屋智弘的動向。

我原本打算，只要東屋做出任何稱得上是異常行為的舉止，立刻去報告老師，不過截至目前為止，他在學校裡的態度幾乎與常人無異，大不了就是午休時間（有時是上課時間）會像個死人般趴在桌上睡覺。俗話說「一瞑大一寸」，但是我在現實生活中，已親眼見識過太多不管睡再久，身心都難以有所成長的孩子。

就算東屋能蒙騙其他人，但唯獨我十分清楚，他是個脫離常軌的瘋子，而且這是無可動搖的事實。

——他以為自己像隻貓，裝乖裝得天衣無縫嗎？很遺憾，我比較喜歡狗。

我不自覺地緊盯東屋，下意識地啃咬起大拇指的指甲。

「……那個，美鈴，妳怎麼了？」

聽見古古亞怯生生的呼喚，我才終於回過神。

「咦，我又怎麼了嗎？」
聽見這段熟悉的交談，我不禁以為自己終於能穿越時空，但事實證明並非如此。
「妳的眼神好可怕喔，簡直像是已經殺死過三個人。」
「真的假的……」
沒想到犧牲者又增加兩名。我用指尖撫平眉間的皺紋，同時對莫名了解殺人魔擁有何種眼神的古古亞提高警覺。
都是那個趴倒在桌上夢周公的東屋，害我被人誤會。這小子完全不知道我的辛勞，幸福地呼呼大睡。
——喂，你要不要就比陷入長眠啊？
我輕輕握起拳頭，為了發洩心中的怨氣，決定把上述這股邪惡的念頭送入東屋的夢境裡。
一旦發現東屋有任何疑似異常的行為，立刻去報告老師——我起初抱持如此打算，現在卻很懷疑能獲得多少成效。因為我已經向老師報告過了。

時間回溯至一天前。

聽完東屋智弘比想像中更愚蠢的自白後，我快步返回學校，直奔班導所在的教職員辦公室。

「老師，我有急事想告訴您。」

「市塚，妳忽然來這裡是怎麼了？」

嘴裡塞滿甜麵包的笠本老師，嘴角沾著麵包屑，一臉狐疑地反問。

我壓低音量，同時比出手勢催促著老師。

「請您快跟我來，這件事不方便讓其他人聽見。」

老師似乎感受到事情的嚴重性，將吃了一半的甜麵包放下，跟隨在我身後。此刻已無暇計較老師的嘴角還沾著麵包屑這種瑣事。

我們來到教職員室前昏暗的樓梯間，我確認過周圍沒有其他人，便開門見山說出要事。

「東屋患有精神病，我認為他應該立刻住院治療。」

「……妳是指我們班上的東屋嗎？妳說他有精神病，到底是怎麼一回事？」

老師也跟著壓低音量，臉上的表情極為嚴肅。

我慶幸老師如此通情達理，隨即點了點頭，開始解釋來龍去脈。

「那傢伙已經發瘋了，他在樹林裡收集垃圾，準備建造一台火箭。這件事不管怎麼想，都屬於精神異常的行為，要不然就是熱昏頭了。」

老實說，我認為解釋到這裡，老師就會理解事情的嚴重性。畢竟自己負責的班級中，出現一名行為偏差的問題學生，對老師而言肯定是必須擔憂的事。

不過，老師的反應硬是背叛了我的期望。

「還以為妳要說什麼，這也太小題大作了吧……」

老師像是感到白擔心一場似地放鬆雙肩，說到最後更是夾帶著想笑的語調，緊接著繼續開口。

「那是他以自己的方式在製造回憶吧。而且利用垃圾創作，可說是符合環保概念的藝術喔。事實上，這也不是什麼罕見的行為，我以前也曾和好朋友一起在樹林裡打造祕密基地，男孩子們都喜歡這類遊戲喔。」

面對老師過度樂觀的回答，我頓時啞然失聲。沒想到單純透過言語表達，雙方會在認知上有著如此嚴重的落差。

話說回來，老師你當年讀高中時，還在跟朋友打造祕密基地嗎？那樣也算是挺有問題

的喔。

「現在哪有空說這種風涼話！那傢伙還大言不慚地說，要搭乘那種破銅爛鐵上宇宙喔？萬一那個笨蛋惹出意外，老師您打算怎麼辦——」

「市塚，妳再繼續亂說，老師可要生氣囉。」

我口沫橫飛地提出警告，老師卻以嚴厲的口吻打斷我的話。

由於老師不像先前那樣和顏悅色，我不禁閉上嘴巴。至於老師嘴角上的麵包屑，則在不知不覺間消失了。

「妳以自己的方式在擔心東屋，老師其實很欣慰，但東屋並不是笨蛋。反正他也沒有抽菸或吸毒，我們就先靜觀其變吧。」

「可是……」

我原先還想繼續據理力爭，老師卻已充耳不聞。

「妳放心，老師也會提醒東屋不要太過逞強，凡事要安全第一。如果他出現其他不尋常的徵兆，希望妳能再來通知老師。總之辛苦妳了，市塚。」

老師舉起單手制止我繼續開口，單方面結束話題後，快步走回教職員室。

獨自一人留下來的我，暫時無法思考任何事，像個稻草人般愣在原地，接著心底深處湧現一股怒意。

如果他出現不尋常的徵兆，再來通知老師？我現在就已經來通知啦！我不清楚底線是在哪裡，真虧老師有臉說出那種話。我看這次的報告，老師也只是隨便聽聽，打算當作什麼事都沒發生吧。

居然仗著年齡與權力處事，像你這種人不配當老師，只是名叫笠本的一般人！

「……你這個秉持少管閒事主義的垃圾老師……」

我壓低聲音咒罵完後，盡可能用力地冷哼一聲，隨即轉身離去。

——不管是哪個傢伙，全都是笨蛋。

俗話說，壞事總會接踵而來，但也沒必要四小時後就發生在我身上吧。

當天晚上，洗完澡擦著頭髮返回臥室的我，看見盤據在我床上的大型垃圾，不禁深鎖眉頭。

「為何妳會在我的房間？姊姊。」

穿著一身老舊居家服，躺在床上滑手機，同時喝著啤酒的我家老姊——市塚美典，沒有絲毫女性魅力，完全像個中年大叔。身為大學生的她已經交到男朋友，讓我深刻體認到，這世上存在各種特殊性癖的人士。

老姊連一眼都沒有看我，單手滑著手機，大言不慚地睜眼說瞎話。

「唉～虧我不惜犧牲自己的睡眠時間，跑來這裡幫妳暖被，妳卻不明白我的苦心嗎～」

「喲～以一隻猴子來說，算是挺機靈的嘛。」

「吱吱～能得到最愛的公主如此讚美，小猴我深感榮幸吱吱～」

這隻死猴子！我不悅地啐了一聲。要我偷偷把這段對話錄下來，上傳至YouTube嗎？標題就叫「潑猴的飼養日記」。

若是妳膽敢把啤酒灑出來，我就讓妳成為那台火箭的鐵鏽——我在心裡如此詛咒，同時為了擺脫酒臭味打開窗戶。夏日的氣息隨著夜風飄入室內。

我不經意地抬頭仰望夜空，發現位在其中的夏季大三角。

「……喂，姊姊，我打個比方喔。」

突然很好奇老姊會給出何種答案的我，刻意用這句話當成開場白提問。

「妳認為一個高中生，有辦法發射火箭、飛向宇宙嗎？」

老姊的視線從手機移開，稍微瞥了我一眼，簡短地反問一句話代替回答。

「怎麼？妳想去宇宙嗎？」

「我並不想去！剛才也說了只是打個比方！」

也不想想我為何特地說出那樣的開場白，這個愚蠢的大學生。

我宛如看門狗般發出威嚇聲，老姊卻全然不在意，她把目光移回手機後，毫不留情地接連踩爆我心中的地雷。

「因為太奇怪啦，妳為何會忽然在意起這種事？」

「哞～～哞～～我～已～經～說～了～啊！」

既然扮狗無效，就改扮牛。我將音量控制在不至於影響到鄰居的範圍內，焦急地放聲大喊。

「我只是問妳，這種事做不做得到！肯定是不可能吧？根本不可能對吧！ＯＫ、ＯＫ我知道不可能了謝謝妳的回答很抱歉問妳這種問題——」

「嗯～這種事未必不可能達成喔？等我一下。」

「——咦！」

聽見老姊語氣淡然的答覆，我錯愕地驚呼出聲。

原先一直注視著手機螢幕的老姊，突然將手機拋給我。

「來，妳看看那個。」

「等……等！」

我勉強接住手機後，聽從老姊的指示，開始閱讀手機螢幕上的新聞。

早知道就故意讓她的手機摔在地上的後悔，在看見螢幕上衝擊性的內容後，立即被拋到九霄雲外。

這是一則稍微有點過時的二〇一一年的新聞。簡單說來，就是美國內華達州有個業餘火箭技師，將自製的火箭發射至宇宙，於平流層拍攝照片後又返回地球，並且順利回收火箭。

當事人把發射與觀測的過程拍成影片，上傳至影音網站，相關網站連結就附在該則新聞裡。我粗略地看完內容，將手機交還給老姊的同時，說出一連串像在找藉口的話語。

「假如是成人，或許能夠辦到啦，而且這個人實際上是某方面的工程師。不過換作是高中生，還僅憑一己之力，哪可能有辦法前往宇宙……」

「妳再看另一個分頁。」

老姊打斷我的話，將手機遞過來。我依照指示操作手機，開啟其中的分頁。

時間是剛才那則新聞的兩年後，也就是二〇一三年。事情發生在美國加州，當事人利用從大型量販店買來的材料打造火箭，並讓火箭順利升空、發射至宇宙，並且成功拍下地球的照片。

製作者當時的年齡居然只有十三歲，比我現在的年紀小了三歲，差不多只有國一，而且是個女生。

「真的假的……」

除了當事人的年齡以外，由於我以為發射火箭是受嚴格控管的事，因此，雖說是無人火箭，但民間人士可以隨心所欲胡亂發射一事，令我有些吃驚。真不愧是發展航太科技的主要國家。

——那小子真是生錯國家了。

倘若在日本做出這種事，很明顯會被當成「惹禍精」，遭人肉搜出來後，就被從這個社會上抹殺掉。無論是合法或非法發射，下場都大同小異。

「那兩人都只是用相機從外太空為地球拍照，有人搭乘的火箭還牽涉到許可問題，我相信執行上應該相當困難啦～但以四、五年前的科技水準，外加國中生的知識水準都能發射火箭，所以只要有心，或許並非辦不到喔。當然，我其實不是很清楚啦。」

終於收下手機的老姊，再次閱讀新聞的同時，說出以上結論。

差點被說服的我，立刻回神反駁：

「但是，那樣不僅無法返回地球，還會賠上性命。與其冒這種風險，一般來說，倒不如先努力成為更有機會飛上宇宙的太空人吧。」

「妳從剛才開始，究竟想誘導我說出什麼答案啊？」

老姊看似難以忍受這場無止盡的爭辯，一臉傻眼地發出嘆息。

雖然我有些猶豫，但心想反正老姊應該與東屋沒什麼關係，便針對東屋智弘的瘋狂舉動大略說明一下。

老姊聽完後，先是稍稍陷入沉思，接著說出相當隨便的結論。

「雖然我不認識那個男生，可是現在動手做那件事，對他而言可能有其意義吧？畢竟人想要什麼、想做什麼，大部分都是一時興起，就跟小朋友吵著想轉扭蛋的情況很相似。」

「真的假的……」

那小子的舉動，就跟小孩子鬧彆扭一樣嗎？我試著想像那個畫面，感覺上比打造祕密基地更噁心。

但是，東屋的情況如果真的與打造祕密基地或轉扭蛋的情況類似，不久勢必會失去興致。得出東屋的瘋狂舉動或許會改善的見解後，多少感到放心的我，事到如今才萌生一個疑問。

「話說姊姊，妳對於火箭還挺了解的耶？」

「沒那回事，我單純是聽妳說完後，用手機稍微調查一下罷了，我也是現在才首次得知這些消息。」

我對老姊毫不避諱說出的真相有些失望，然後神情認真地點頭回應。

「……啊～嗯，想想也是。」

畢竟Google大師神通廣大。相信在不久的將來，光憑一根指頭，就能搜索出通往最佳人生的康莊大道。

當我在腦中進行這種無意義的反烏托邦想像時，光是闖進我心中地雷區仍不知足的老姊，將一枚最強地雷直接扔向放下戒心的我。

「怎麼？難道妳想跟那個男生一起前往宇宙？」

「才沒有咧！只是看見同班同學做出這種莫名其妙的舉動，我想要阻止而已！」

老姊究竟是誤會什麼，才得出這樣的結論？跟利用垃圾打造火箭的瘋狂同學攜手踏上太空之旅，早已超出處罰遊戲的程度，根本是直接對人宣判死刑。

老姊以極其冷靜的態度，觀察著齜牙咧嘴發怒的我。

「是嗎？誰叫妳在某些方面特別愚蠢，害我有點驚訝。」

「我才不愚蠢！單純是除了我以外的人都太愚蠢啦！」

我把啤酒罐塞給老姊，伸出雙手用力推著她的背部，強行把她趕出房間。

今後不許妳踏入我的臥室一步，我也不會再喊妳一聲姊姊，妳就只是個老姊啦。

「我要睡了！因為明天要早起！再見！晚安！See you！Goodnight！」

氣昏頭的我，不加思索地說完這些話後，不由分說地把門甩上。

◇　◇　◇　◇　◇

被趕到走廊上的姊姊，回想起自家宛如小老鼠的妹妹方才大動肝火的模樣後，雙肩一聳說：

「……『除了我以外的人都太愚蠢』嗎……」

她將剩餘的啤酒一口喝光，露出略顯憂心的表情喃喃自語，走向自己的房間。

「真正的蠢蛋總會說這種話喔，美鈴。」

◇◇◇◇◇

現在回想起來，昨天真是吃足了苦頭。

難道是因為我只求好事上門，老天爺故意唱反調，便把壞事全塞到我身上嗎？真希望老天爺能早日明白，祂就是因為這樣才那麼惹人厭。

在我想著以上蠢事的期間，轉眼間便來到放學後。

我祈求全是一場夢的心願也撲了個空，東屋彷彿理所當然般，繼續努力與垃圾為伍。看東屋的樣子，今天的工作並非是翻找垃圾，而是將收集來的材料組裝成火箭。他靈巧地使用從書包取出的工具，默默重複著分解與重組等步驟。

東屋用來組裝的工具不是螺絲以及釘子，而是瞬間膠。面對大熱天裡與垃圾展開無止盡殊死戰的東屋，我在較為涼爽的樹蔭錯愕地發問：

「……黏膠應該不夠牢固吧？」

「沒這回事，實際上真正在組裝飛機與火箭時也會使用黏膠。原因是黏膠乾掉後，能

有效堵住縫隙，倘若全都使用釘子，將會導致機體太重而飛不起來。」

「這、這樣啊……」

那個……這個道理我也懂，不過那些航空工具應該都是使用航太專用的超強力黏膠吧。像那種大賣場常見品牌的瞬間膠，我實在不覺得能承受火箭發射時所產生的重力加速度以及溫度變化。只不過，我以前曾在老姊的算計下，手指被強力膠固定成ＯＫ的手勢，那超乎想像的黏性，確實讓我有點以為自己沒救了。

附帶一提，當時我被老姊大肆嘲笑，當場賞她一記必殺ＯＫ拳之後，我便忍著恥辱跑去買除膠劑，但在回家不久後，母親便告訴我去光水也有同樣效果。Fucking My Sister。

當我在腦中打著歪主意，假如老姊又躺到我床上，我就如她所願，讓她永遠黏在床上時，東屋的聲音把我拉回現實。

「市塚同學，妳把火箭的事情告訴老師了吧？」

「咦……啊！」

短短一瞬間，我是真的聽不懂這句話，但這完全是自己的失策。當初我已誇口表示會幫忙保密，結果卻變成這樣，實在是無從辯解。

由於我滿腦子都是不願承認自己正遭受東屋逼問的現實，於是把心一橫，決定將錯就錯。

「我、我也沒辦法啊！誰叫你忽然說出那種話，我還以為你腦袋有問題……」

「沒關係，妳別在意，幸好笠本老師是個好老師。」

東屋打斷我拚死的辯解，緩緩搖頭。

東屋出乎意料的話語，讓我忘了可以鬆一口氣，僅露出一臉不滿。

「……是嗎？」

東屋看起來並非在說客套話，而是真心認為笠本老師是個好老師。或許在你眼中他是個不會多管閒事的好老師，但他可是讀高中時還在跟人打造祕密基地喔。

算了……恐怕我也沒有立場不分青紅皂白地責備笠本老師。身為當事者與只聽傳聞，自然難以有相同感受。若是我忽然從朋友口中聽見那種話，大概也不會當成一回事。

東屋停下作業中的手，用那張滿頭大汗的臉對我露出微笑。

「市塚同學，妳是為我著想才去報告老師吧？對於妳的體貼，我很高興喔。」

不對，我是為了自己著想。如果你做出瘋狂舉動或意外身亡而鬧上新聞，對於就讀同一所高中的我來說，也會造成名聲上的影響。

當然，我並沒有把心底話說出來，但也沒有勇氣直視東屋坦率的笑容。我光是不著邊際地撇開眼神、低聲說出以下這句話，就已是極限。

「……總之，我為自己當初大言不慚地表示會幫忙保密一事，先在這裡向你道歉。另外，我不會把這件事再告訴其他人了。」

「謝謝，能聽見妳這麼說，我真的很開心。」

只經過一天就遭人毀約的東屋，立刻接受我的口頭承諾。

既然毀約的人是我，說這種話也不太對，但即便只是裝裝樣子也行，你好歹懷疑一下我嘛，要不然哪天當真吃到苦頭時，可不關我的事。

反正東屋願意接受我的說詞，當然是再好也不過，我為了逃避心中的罪惡感，決定先轉移話題。

「比起這個，我問你。」

這台東拼西湊的火箭已完成了六成左右，不過老實說，我實在無法想像那東西飛上天的光景。真要打個比方來形容，那東西就跟幼稚園小孩用蠟筆繪製的塗鴉化為實體沒兩樣。因為是用垃圾拼湊出來的，左右兩邊還不對稱，倘若盯太久，甚至會產生類似視覺陷阱的錯覺。

「你每天都很努力在建造火箭對吧？但你真心認為這個破爛火箭能飛上宇宙嗎？」

面對我等同於是在否定的誘導問話，東屋以指頭抵著下巴沉吟。

「嗯……我也不確定，畢竟我沒有去過宇宙。」

「那個……我不是這個意思。」

瞧你這麼認真煩惱，害我有點不好意思說清楚，但以這個火箭來說，光是能升空一公尺高已是可喜可賀。所以你別再白費力氣，去晴空塔或是星象館看看宇宙就好，我還能順便告訴你晴空鎮的美食喔。

面對我的吐嘈，東屋抬頭仰望天空，沒由來地反問一個問題來代替答覆。

「妳不覺得第一個登上宇宙的人，真的很有勇氣嗎？」

我跟著望向天際，天空依舊是一片蔚藍。我們宛如被關在一個具有穹頂的封閉式庭園裡，根本看不出於天空的另一端，有著無垠且永恆的宇宙。

我瞥了一眼東屋的側臉，他猶若一名天真的孩子，雙眼閃閃發亮，就像是確信有光明的希望在未來等著他。

「過去，大家都說人類前往宇宙時『身體會爆炸』、『會變成一座冰雕』或是『血液會盡數沸騰』等等。即便盡可能收集資料，以最萬全的準備前往宇宙，終究無人知曉實際上會發生什麼事。就算遭到外星人襲擊的假設太過極端，不過，當引擎發生故障、燃料全部外洩時，是真的沒人能前來相救。」

「啊、嗯……是沒錯啦……」

其實我認為邁向新天地的勇氣，並非僅限於前往宇宙，就我個人來說，反倒認為史上首位挑戰吃海膽的人非常有勇氣，並且成果是對人類有益的。那種渾身強調著「別吃我」、長滿尖刺的東西，一般人都會丟回海裡，真懷疑首位吃海膽的人當時到底有多餓。

雖然我此刻的想法與浪漫的冒險完全扯不上邊，東屋卻毫不在意，將視線移回我身上繼續說：

「我認為，世上存在某種即使賭上性命仍想親眼看看的事物。」

「也就是說，你有著『即使賭上性命仍想親眼看看的事物』嗎？」

先不提航太科技剛起步的時代，在這個人工衛星與其愉快夥伴們全天候觀測天體運行的現代，我不認為太陽系還存在值得令人渾身血液沸騰而死也想發現的新事物。事實上，用Google搜尋一下就可以找到多不勝數的相關情報與圖片。

人們經常以無垠或永恆等詞語形容宇宙，但是這些形容詞，未必永遠都代表正面的意思。

「所謂的宇宙，只存在無盡的黑暗與永恆的冰冷吧，你去那裡做什麼？難道是想親口說『地球是藍色的』這種話？或者你認為地球呈現藍色球體這個常識，全是ＮＡＳＡ的陰謀嗎？」

像是「你的一小步」這類耳熟能詳的報告，對人類而言別說是毫無價值，甚至只會給人添麻煩。若是實況自己肉身前往宇宙的情況，或許還會成為珍貴的影像紀錄吧，我也很好奇實際上會發生什麼事。

但我這番諷刺的發言，在東屋的面前都只是白費唇舌。

「哈哈，市塚同學在某些方面特別愚……純真又奇怪呢。」

「你剛才是想罵我『愚蠢』對吧？」

事實上是已經說出來了，感覺上是發音臨時從三聲變成二聲，注音還很不巧地完全一致。

「沒有沒有，我原本是想說『愉快』，只是最後一刻改口了。」

「『在某些方面特別愉快』這句話，聽起來很莫名其妙喔。」

反正無論是某些方面特別愉快或特別愚蠢，全是指你吧。別逼我一拳揍趴你。

有別於態度逐漸切換成看門狗模式的我，東屋反而像個女孩，扭扭捏捏地回答：

「因為我已經跟人許下承諾。」

「承諾？」

「嗯，我承諾過對方會前往宇宙，所以非去不可。」

東屋的臉頰染上一片緋紅。

你是哪來的戀愛中少女？看得我都跟著害臊了。

「你是何時跟誰許下承諾的？」

「這是祕密，就算妳請我吃福利社的豬排三明治，我也不會告訴妳。」

「那個，我並不會請你吃豬排三明治，也沒有那麼渴望知道答案。」

反正對象肯定是住在自家隔壁、某個外表可愛的兒時玩伴之類的吧。那種愚蠢的曬恩愛橋段，我才不感興趣。說起福利社的豬排三明治，規模相較於宇宙也下降真多，難道東屋肚子餓了？

我取出手機，低頭確認加入書籤的網頁，同時提議：

「假若你想前往宇宙，乾脆想辦法成為太空人就好啦。我稍微調查過，太空人的錄取率與你打造的火箭升空的機率相比，最高甚至有五百倍左右的差異。你與其做這種蠢事，我反倒相信跟你許下承諾的那個人，更希望你認真念書喔。」

老實說，我原以為兩者的成功率，隨隨便便就會相差上千倍，沒想到太空人的錄取率出乎意料地低。話說回來，既然參加考試的資格有嚴格規定，相關招考也不是定期舉行，把成為太空人與任職一流企業混為一談，未免顯得太不識相。

「只是啊～太空人的資格考試並非僅限於學力，也需要身為社會人士的工作經驗，想合格應該有些勉強……」

「嗯，以你的情況，光是在性格審查與素行調查的階段就會被淘汰吧。」

像東屋這種成天上課打瞌睡、想靠垃圾火箭飛向宇宙——如此欠缺一般常識的人，前往宇宙大概只會成為對抗外星人的砲灰。當然，他那種自知不可能通過太空人資格選拔考試，卻有把握讓自製火箭升空的自信，我完全無法理解。

「嘿嘿，過獎、過獎。」

「咦？我才沒有在誇獎。」

我很訝異東屋聽不出這番話是在諷刺，語句末尾不禁變得與他相同。為何東屋對於他人的惡意這麼遲鈍？三番兩次都未能激怒他，我開始懷疑這是一種全新的挑釁方式，心底不由得升起一股怒火。

汗水滑過東屋的額頭，滴落在火箭上。東屋無法置之不理，伸手把火箭上的汗水擦掉。他就像是在對待自己的朋友或家人，看似打從心底珍惜這台垃圾火箭。

「而且我無法耐著性子，等到自己長大成人。我當然想成為太空人，也有學習關於宇宙的知識，但我現在已焦急得坐立難安了。」

「沒想到扭蛋理論居然是真的……」

「嗯？扭蛋理論？」

「沒什麼，當我沒說。」

東屋的父母恐怕十分嚴格，從小禁止他做自己喜歡的事，於是當他成為高中生、生活多少變得比較自由，就開始瞎搞這種蠢事。真想把他的案例公布於學術界，讓全日本的父母親們都看看。嚴厲的規範確實很重要，但假如沒有給予適當的甜頭，就會教育出像東屋這種孩子。

從這個角度來看，東屋也算是可悲的受害者。當我對於繼續鄙視東屋一事感到不忍心時，工作暫且告一段落的他，冷不防對我提問說：

「看我做這種事情，妳有何感想呢？」

「我還以為你是另類的大型垃圾。」

「哈哈，這感想未免太狠了吧？」

對於我不加思索的答覆，東屋愉快地笑出聲來。我是不清楚他想聽見怎樣的答案，不過有怨言的話，打從一開始就別問我啊。

「就算我撒謊安慰你也毫無意義吧？我與你不同，基本原則是絕對不做無意義的事。」

不管我的答案是否太狠還是怎樣，總之事實就是這樣，我也莫可奈何。我反而認為自己說得很委婉。因為我擔心直接說他笨，東屋會很受傷，所以他才應該明白我的體諒。

「不過……相較於昨天，這裡給我的印象有點不一樣。」

「嗯？什麼意思？」

東屋一臉困惑地問。我從樹葉的縫隙仰望垃圾山，在腦海中挖掘出昨日記憶。

「我昨天比你更早抵達這裡吧。當時垃圾山給我的感覺，與你也在場時莫名有些差異。該說看起來很陰森嗎？或是顯得十分寂寥。」

我並沒有信奉泛心論那類超自然學說，不過，當時確實有這種感覺。事實上，垃圾也沒有所謂的心。單純是我看見東屋開心收集垃圾的模樣，那股感覺便擴及至被翻找的垃圾罷了。

「真不可思議，當你出現在這裡時，這些垃圾看起來似乎朝氣蓬勃，彷彿不斷說著『快來撿我』。」

我對於自己這番幼稚的感想有些害臊，略帶苦笑地說：

「你就像是垃圾山的國王呢。」

東屋被賦予這個脫線的稱號後，看似意外地眨了眨眼。

他注視著自己張開的手掌，接著露出一臉羞澀的笑容。

「嘿嘿，我是國王呀……」

「咦？我可沒在誇獎你，而是打算諷刺你喔。」

別故意只聽見後面那兩個字，我是說垃圾山喔。廢物堆裡的國王，可是比昆蟲王更不如。

不過東屋似乎很滿意我為他取的綽號，一臉得意地擺起架子說：

「哼哼哼，心愛的臣子啊，辛苦妳了～我說笑的。」

「你別得意忘形，笨蛋！」

雖然我對垃圾山的王座絲毫不感興趣，但是你太囂張的話，我可是會揭竿起義，這個笨蛋國王。

被這種傢伙為所欲為，想想還挺同情這些垃圾。我傻眼地搖了搖頭，低聲抱怨。

「……真是個悠哉的傢伙，我是擔心你將來變成垃圾屋的屋主。」

「哈哈，我哪可能變成那樣。」

「難說吧？你將來變成垃圾屋屋主的機率，至少比你成功讓這艘垃圾火箭升空的可能性更高。」

被稱為垃圾山的國王還感到開心的傢伙，現在否認得再斬釘截鐵也毫無說服力，不過你既然誇下海口，可要言出必行。

我看看手機確認時間，現在已接近下午五點。不管怎麼說，我至少在這裡打發了不少時間。

夏日的太陽仍高掛於天際俯視著我們。我光是站在原地，身上就不停冒汗，並且感到口乾舌燥，差不多想窩在冷氣房裡悠哉地喝可樂了。

「我想回家了，你也記得要早點回去啊。假若你不小心在這裡中暑昏倒，可不會有人來救你。」

我提出忠告後，拿起置於腳邊的書包，沿著樹蔭下的小路前進。當身體被陽光直曬，遭紫外線照射的肌膚就傳來刺痛。

早知道剛才在閒聊時，就替自己擦點防曬乳——當我如此後悔時，身後傳來東屋的聲音。

「市塚同學，妳剛才說了一句話。」

「我說了什麼？」

我在回答的同時轉身望去，發現東屋在不知不覺間已站直身子。

東屋看向偏著頭的我，語氣平淡地繼續說：

「妳說，宇宙只存在無盡的黑暗與永恆的冰冷。」

「這句話怎麼了嗎？」

這句話沒有其他意思，我甚至都忘記自己剛才說過。難道這句貶低宇宙的發言令他不悅嗎？我說出這番話時，是真的沒有任何惡意。

面對我的催促，東屋注視著我的雙眼說：

「這世上根本沒有無盡與永恆，單純是我們不明白何謂終點與盡頭罷了。」

此刻，總覺得蟬鳴聲逐漸遠去，周圍的樹木開始躁動。

東屋的神情看似平靜，卻又散發出一股堅定意志，語調也毫無一絲動搖，與方才被我稱為國王時心花怒放的樣子，簡直是判若兩人。原來他也會露出這種表情，我暗自感到一陣吃驚。

東屋的見解對我而言，老實說無關痛癢，但是不回嘴又令我很不甘心。

「你只不過歷經十六年的人生，就敢斷言無盡與永恆並不存在，這番發言才叫做自欺欺人吧？」

人終有一死，這對人類來說就是終點，以這種角度而言，或許世上萬物都有所謂的終結，不過這樣的認知，本來就是人類擅自認定的。縱使人類滅亡，東屋所愛的宇宙也不會在意，仍會繼續向外擴張。

東屋聽見我以反問來代替回答，愉悅地發出悶笑聲。

「……呵呵，市塚同學真聰明呢。」

見東屋沒有提出反駁，我感到一股由安心與不滿交融而成的情緒，於是將這股心情轉化成言語脫口而出。

「我沒有很聰明，單純是除了我以外的人都太笨了。」

事實上，這也是我表明對話到此結束的宣言。我沒有繼續多做解釋，東屋也並未搭話，我便毫不客氣地快步離去。沒有其他意思或任何理由，總之，我只想盡早離開這裡。

不對……我恐怕早已意識到自己這個舉動的理由。肯定是我很羨慕東屋。因為他堅信未知的景色必定美不勝收的夢想，以及天真地對於冒險充滿憧憬的坦率，都是現在的我不管多麼努力也無法得來的事物。

——我認為，世上存在某種即使賭上性命仍想親眼看看的事物

腦海裡浮現東屋因期待而雙眼發亮的表情，但是，我以極度冷酷的心態，將此畫面拋諸腦後。

我應當早就心知肚明，有些事情還是別知道會比較好。

konosora no uede
itsumademo kimi wo matteiru

3. 廢棄物夢想家

我坐在教室座位上，對著眼前的白紙微微發出沉吟。

「……嗯……」

小考這點事情根本難不倒我，不過此次的問題是「文化祭的主題」。老實說，我是比較偏向「不想參加」。像是去年的主題，我早就已經沒印象，重點是我感受不到參加這種活動的意義，只是徒增工作罷了。

「再過一分鐘就會收回提案紙，還沒寫好的人請趕快。」

班長的聲音令我感到焦急。吵死了，我正準備要寫啦。

由於是採匿名制，因此就算沒有寫提議也無妨，但是交白卷會令我有股落敗感，讓我不想這麼做。我以付出最少勞力又不會讓自己丟臉為前提，透過刪去法得出的結論是遊戲店，我連忙寫在提案紙上。當我寫下最後一筆的下個瞬間，在班長的一聲令下，從座位後方開始收回提案紙。

我把自己的提案紙跟傳來的一疊提案紙放在一起，交給前方座位的同學。看著班長將收回的提案內容寫在黑板上進行投票，我忽然感到一陣不滿，心想自己何必為了這種無關緊要的事白費心力……喂，現在寫在黑板上的「星象館」，肯定是東屋提案的吧。

結果，提案最多的主題分別是「夏日祭典」、「女僕咖啡廳」和「《月薪嬌妻》舞蹈」三種，經過舉手表決後由「夏日祭典」勝出。這個提案類型上與我提議的遊戲店有些相似，結果還算不錯。話說回來，文化祭是在九月舉辦，應該算是秋季祭典，但這部分就別太深究好了。

「第二學期開學後就會正式開始準備，請各位同學務必配合。那麼，班會到此結束～」

班長總結完後，便以自行解散的方式結束班會。

大家為了參加社團或返家而收拾書包時，東屋穿過這片喧囂向我搭話。

「市塚同學，文化祭的參展主題，妳是提議什麼呢？」

難得東屋在教室裡找我說話。我邊收拾書包，邊淡然回答。

「想當然是遊戲店啦。只要準備完畢，之後就很輕鬆。」

假如是女僕咖啡廳，我是考慮到時故意讓自己感冒缺席。像那種稱呼陌生人為主人並服侍對方的行為，究竟有何樂趣可言？我完全無法理解。

「你提議了什麼？東屋。」

「星象館。只是到最後都沒有其他人提出相同意見，讓我覺得有點遺憾。」

果然是你。話說這個活動主題，感覺上也能落得輕鬆，我個人是願意支持，但在準備與營運時太過偷懶的話，往往會惹人非議。參加這類活動，至少在態度上要假裝自己很努力。

提案才剛被否決不久的東屋，看起來並未感到一絲沮喪，他欣喜地開口說：

「既然主題已經決定是夏日祭典，就得好好配合才行。到時或許能把牆壁與天花板布置成簡單的宇宙空間。讓我們一起加油吧，市塚同學。」

「啊、嗯……總之再看看吧。」

很抱歉在你幹勁十足的時候潑冷水，但我只打算「假裝努力配合」，毫無一絲「真心努力配合」的意願。反倒是東屋對這類活動表現出如此配合的態度，令我有些意外。

「東屋，比起參加這種浪費時間的活動，你難道沒想過要專注於打造那個嗎？」

面對我直率的疑問，東屋維持一貫開朗的模樣出聲否定。

「我完全沒這麼想過，畢竟和其他人合力完成某件事，感覺上會很有趣啊。」

「……是嗎？」

相形之下，我毫不避諱地皺起眉頭。東屋見狀，笑著繼續說：

「而且我相信在暑假期間就能夠完成那個，因此不會對文化祭造成影響。謝謝妳的關心，市塚同學。」

「我又沒在關心你。」

我冷漠地吐出這句話，東屋卻看似完全沒聽見。他扛起書包，颯爽地走出教室。

咦，他真的只想跟我聊這件事嗎？

還以為東屋有其他事情找我，害我白擔心一場。先不提這個，剛才那些小事，沒必要趁現在對我說吧？

東屋離去後，一想到第二學期必須搞定的學校活動，我便重重嘆一口氣。

無論是合唱表演、競技比賽、運動會或文化祭等等學校活動，基本上我都相當排斥。平常只被我當成是路人A的同班同學們，總會基於各種理由或自私的想法來要求我幫忙，但工作完成後，彼此交情又會變回原先那樣，視同陌路。當然我明白蹺掉班上活動的話，會給自己增添不必要的麻煩，因此表面上會擺出配合的態度，不過這類活動，與其說能使班上更有向心力，我反而覺得會讓大家產生更多磨擦。就我個人來說，比起浪費時間在這些事情，倒不如用來進行休閒活動更有意義——

當我思索到一半，腦中冷不防閃過東屋笑著說出的那句話。

——畢竟和其他人合力完成某件事，感覺上會很有趣啊。

我不覺得自己的主張有錯，相信除了我以外，抱持類似想法的同學也大有人在。東屋表面上那麼說，天曉得他心裡作何感想。

不過……

我一開口就全是抱怨與不滿，但假如有人問我：「那妳是想做什麼？」我也完全答不上來。確實，我有信心說自己是成績優秀的人，運動神經還不錯，外表也不差，可是要我成為偶像歌手或體育選手，仍舊有點困難。只要我有心，相信可以從事大部分的職業，但說到「心生嚮往的未來」，我卻是毫無頭緒。

即使擁有能夠成為任何人的可能性，也未必真的能成為任何人。

——我到底有什麼喜好呢？

我的思緒，就這麼被加入新成員的夏蟬大合唱給打斷了。

「市塚同學，妳覺得怎樣才算是長大成人呢？」

爬上垃圾山努力收集材料的東屋，突如其來地拋出這個問題。

我停下滑手機的那隻手，以彷彿快射穿東屋般的視線注視著他。

「嗯？怎麼了？」

東屋不解地歪著頭，我這才回過神來甩了甩頭。

「沒什麼，只是有點吃驚，沒想到你會提出這種很像未成年孩子會問的疑問。」

我原先以為東屋完全是「朝自我目標前進」的那種人，對於未來有明確的答案。如果他不是這種人，哪可能會做出這樣的蠢事。

垃圾山國王放下手中的工作，抹去額頭上的汗水後，稍微喘了口氣。

「瞧妳只是在一旁看著，我想說應該會很無聊。」

是很無聊啊，而且很熱，再加上蟬鳴聲又很吵。

「是嗎？那妳要來幫忙嗎？老實說挺有趣的喔。」

「我拒絕。」

不要擅自幫我出主意。另外，別從高處低頭俯視我。

我將手機塞進裙子口袋裡，把剛才的問題原原本本奉還給東屋。

「那你覺得呢？怎樣才算是長大成人？」

當一個人對別人提出偏向哲學的問題時，往往只是想讓他人聽聽自己的想法並獲得認同。純粹想得到答案的案例，依我至今的經驗來看，反倒是少之又少。事實上，日前我對老姊提問的意圖，真要說來亦是如此。

因此，我決定聽聽東屋的見解，再隨口回他幾句應付了事。不過東屋被我反問之後，只是露出困惑的苦笑。

「嗯～就算妳這麼問我……我也不曾想像過自己長大成人的樣子。」

「也是啦，像我就無法想像你長大的模樣，感覺上你會一輩子與垃圾為伍。」

縱使撇開身高不談，東屋的腦袋大概也與小學生不分軒輊。瞧他這副模樣，不免讓人懷疑他是不是高中生，結果居然跟我一樣就讀高二，即使他再過四年左右就是成人，說出去也沒人會相信。

忽然，我發現東屋的神情蒙上一層陰影，但那並非是因為我剛才的發言。

「孩提時代的夢想，為何大家總會忘記呢？」

東屋落寞地喃喃自語，儘管音量不大，卻清楚地傳進我耳裡。

走下垃圾山的東屋撿起一台遊戲機，將上頭的塵土拍掉，同時吶吶而語。

「無論是花店老闆、甜點店老闆、醫生、漫畫家、鋼琴家、運動選手、歌手或太空人等等，妳不覺得比起『未能實現夢想』，更多人是『沒去實現夢想』嗎？在二十多歲時便得認清自己不得不放棄的夢想，實際上屈指可數。大家總愛說些言不由衷的志願與動機，最後卻從事自己不感興趣的工作。反觀大人也一樣，當初願意聲援孩子們小時候的夢想，但隨著孩子成長，又莫名變得不認同。」

就跟曾令孩子們愛不釋手的遊戲機，將使命託付給後繼機種、不再被人需要後，只是等著被廢棄、化為垃圾。聽完東屋的一席話，再看看他手中的遊戲機，我沒由來地覺得兩者之間似乎有某種聯繫。

東屋仰望藍天，因閃耀的陽光而瞇起雙眼。

「因此我對於怎樣才算是長大成人，真的一點都不明白。」

「……嗯……」

感覺話題變得很沉重，我發出沉吟。

東屋剛才的發言，恐怕是任誰都曾有過的疑問。就像自己的父母為何不是董事長？游泳班的教練為何沒參加奧運？原則上跟這些事情大同小異。當一個人未能將夢想與現實區分清楚，有時就會產生這類牴觸。

但要解釋清楚這個道理又相當困難。原因是這類問題，與其聽人解釋而理解，不如說只能在成長過程中自行領悟。而且，抱持「夢想終有一天會實現」此類幻想的人，最糟糕的情況是一輩子都無法明白。

為了讓思想幼稚的東屋也能明白，我手指抵著下巴，試圖以簡單易懂的方式解釋。

「孩子們口中的夢想，只有想到實現夢想後的情況，少掉了實現夢想的過程。因此他們不會面臨失敗，只要覺得有趣就好。」

孩子們重視的基本上只有該夢想吸引人的一面，無論是光鮮亮麗、英勇帥氣、聰明優秀、受人尊敬……因為無條件地予以肯定，所以他們從未想過「為何實現那些夢想會讓人覺得如此出色」。

做什麼事都受人讚揚的孩童時代，認為世界是以自己為中心在運轉，因此，就算「絕大多數人都無法實現那些夢想」的事實，做為一種知識記在腦裡，內心仍無法理解那種感受。

「更何況在孩童時期，繪本、電視以及學校就是人生的全部，根本無法想像其他生活方式，所以才更加看不見潛藏在夢想中的『壞事』。比方說，認為『若是成為足球選手，就能每天踢最愛的足球，又有錢賺，簡直是棒呆了』的那種人，每個班上總會有一位。說穿了，大家就是想輕鬆又開心地活在世上。」

記得之前有一則新聞說，很多人對於時下小學生的夢想是成為熱門Youtuber一事感到悲觀，但我認為根本不必那麼在意，那只不過是取代在更早之前許多孩子的夢想是成為搞笑藝人罷了。

絕大多數的孩子，會在長大成人的過程中，察覺到自己是屬於「無法實現夢想的多數人」，以及在實現夢想後，美滿的人生並非就等在前方的事實。畢竟在付出代價換取報酬的階段，不可能全是好事。

至此，我試著回想東屋提出的質疑。

為何大家不去實現孩童時期的夢想？

答案相當單純，因為不去實現夢想，才能活得既輕鬆又實在。

「大家遲早會了解現實，轉而把更輕鬆的生活方式當成目標，雖然那種生活方式實際上也可能是一條滿布荊棘的道路……反過來說，這世上充滿更多不值得去實現的夢想。管它是夢想還是什麼，對自己而言，到頭來都只是一種堅持，看在旁人眼中，這個人是否能自力更生還比較重要。假如你的孩子，無論長到多大都仍不自量力，目標是想成為一名搞笑藝人，相信你也會受不了——」

「我相信現實就像市塚同學說的那樣，大家對於他人的夢想不感興趣。老實說，我也覺得自己從未切身思考過別人的夢想。」

原先單方面聽我說話的東屋，冷不防拋出這句話。

因為不解東屋的意思，我陷入沉默，接著，他像是深思熟慮過每一個字般說道：

「但是，比起因為有自知之明而甘於現狀的人，我覺得努力去超越自我極限的人更加帥氣喔。」

面對東屋給出的答案，我像是刻意讓他聽見似地重重嘆息。

他狀似明白我想表達的意思，但實際上什麼都不懂。

「我說你啊……」

東屋是個純真的人。這句話並非讚美，而是指他思想幼稚，一般人稱之為笨蛋。

假如老姊年過三十仍是個沒沒無聞的Youtuber，不管說得再好聽，我仍是敬謝不敏喔。

「義無反顧地追求夢想確實很迷人，但並非任何人都能夠辦到，這一點任誰都無法否認。不過啊，人光靠夢想是活不下去的，也無法單憑『迷人』二字來轉動這個世界。光出一張嘴聲援是很簡單，但直到那個人實現夢想之前，其他人具體上又該如何支持？倘若夢想當真實現倒還好，如果最後未能實現，在此之前的投資將會全數白費——」

「即使未能實現夢想，誰又能斷定付出的過程都是白費力氣呢？」

東屋打斷我的話，以不曾有過的強硬口氣提問。

當我因為這句意外的反駁頓時說不出話時，東屋緊接著繼續解釋：

「能夠實現夢想的人，並非擁有與眾不同的才能，我相信他們只是無法想像實現夢想以外的生活方式。不管夢想實現與否，對這種人來說，我認為實際上並沒有太大差異。」

——這小子到底是為什麼如此堅持……

這個天真到極點的觀點，聽得我都以為自己要變成小朋友了。

可是，此時我不知為何，無法將這番比天方夜譚更不切實際的漂亮話一笑置之。東屋這段發言，聽起來像在暗指他自己是「除了追求夢想以外，不知道其他生活方式的那種人」。

我一半基於好奇，一半基於發言遭到否定而想遷怒他人的心態，詢問東屋：

「那我問你，你現在想像過自己日後的生活方式嗎？」

「哈哈，這應該算是刻意刁難人的問題吧？」

由於東屋一反我的預料，僅以曖昧的態度模糊其詞，令我有些失落。

基本上我沒有其他意思，別說是他的生活方式，就連此刻他在想些什麼，我都完全搞不懂。

「既然如此，我就說些更刁難人的話吧。」

事到如今，我甚至開始思考要如何才能挫挫東屋的銳氣。認定拐彎抹角的方式無法對這個笨蛋造成打擊後，我冰冷地吐出一句話。

「奉勸你趕緊認清現實，別再做這種白費力氣的事情如何？」

我期待東屋因此鬧彆扭，或是一如剛才那樣，態度堅定地反駁。假使「人被戳中心事時會動怒」的說法當真屬實，那就證明東屋也對於自己是在白費力氣一事懷有自覺。

但是，東屋沒有表現出我期待的反應，他的神情莫名平靜，還笑咪咪地說：

「市塚同學，妳口中的『現實』，應該能替換成『壞的一面』吧？」

瞬間，我被堵得啞口無言，甚至顯得有些狼狽。

東屋將我的無言以對當成默認，雙手環抱在胸前，眺望著垃圾山。

「所謂的『現實』包含好與壞，唯一的差別，在於當事人著重哪邊的現實。既然我們擺脫不了現實，以積極的態度面對不是更好嗎？」

對東屋而言，現實並不是為人避諱、令人抗拒、讓人得過且過，反而是把它當成老友似地，攜手共同走下去。像東屋這種，彷彿至今生活都與惡意無緣的天真想法，甚至令我心生羨慕。

雖然東屋給我的感覺是既愚蠢又幼稚，但看來我需要對他有所改觀。

「……你真是個了不起的孩子呢。」

我以苦笑替代認輸，無奈地雙肩一聳。

——世上有個像東屋這樣的笨蛋存在，或許也不錯吧。

我返家後，開始翻找臥室的櫥櫃，將幼稚園的畢業紀念冊找出來。大概是剛才與東屋的對話讓我有所感觸，我忽然決定試著回想自己小時候究竟抱持什麼樣的夢想。

我輕輕拍掉紀念冊上的灰塵，動手翻著泛黃的頁面，很快就翻到想找的那一頁。在莫名眼熟、筆觸稚嫩的插圖旁邊，寫著一行醜陋的文字。

依我的個性，肯定不會寫出什麼驚天動地的內容——不過，原先這般一廂情願的想法，當場被過去的自己徹底粉碎。

『我將來的夢想是成為一塊好吃的蛋糕。如果可以，我想成為上面有草莓的水果蛋糕，讓我最喜歡的朋友們、爸爸、媽媽和姊姊把我吃下肚——』

「唔喔喔喔喔！」

看到一半，我便發出空氣從嘴裡盡數排出的叫聲，一把闔上紀念冊。

就算闔起書頁，我的指頭仍微微顫抖。看來內心受到的打擊，比自己想像中更嚴重，而且我還產生一股衝動，想跑遍每位幼稚園同班同學的住處，放把火將所有的畢業紀念冊都燒掉。

因為剛看過畢業紀念冊，也勾起我一連串幼童時期的回憶。

我整個人靠在牆邊，單手抱住自己的頭。

小時候的我，居然想成為甜點。

為了避免造成誤會，本人在此補充一下，我並不是想成為甜點師傅，而是甜點師傅製作出來的甜點。實際理由我已不太有印象，但以前不知基於何種原因，我就是想成為「人類以外的其他東西」，比方說花店裡的花、飛行員駕駛的飛機、設計師製作的衣服。之前我在過往的交換日記裡看到「我想成為蚊香」的文字時，也曾懷疑自己是不是看錯了什麼。唯獨這件事，就算有人取笑我是笨蛋，我也百口莫辯。

我重新鼓起勇氣，在抵死不看自己那頁的狀態下，翻閱其他小朋友「將來的夢想」，答案有花店老闆、蛋糕店老闆、漫畫家、科學家、棒球選手、木工、醫生、老師、遊戲工程師、偶像歌手、駕駛員、飼育員、警察、消防員、董事長、總理大臣以及富翁等等，可以說所有孩子們的夢想都網羅其中。話說回來，為何女孩子都很憧憬當花店老闆或蛋糕店老闆呢？雖然原先想成為蛋糕的我，實在沒資格說這種話。

我現在唯一能肯定的事，就是當年在畢業紀念冊裡寫下夢想的這些人，當真付諸實行的人是少之又少。

我闔上畢業紀念冊，輕輕發出嘆息。

孩子之所以能懷抱夢想，是因為他們無條件相信那是一件出色的事。所謂的長大成人，則是看見那些「夢想」不好的一面。這不光是指實現夢想的過程，還包含實現之後的情形。

夢想是消耗品，即便當初是個有趣的玩具，隨著時間過去，便會令人失去興趣而遭到捨棄。

天真無邪的空想（夢想）、不負責任的幻想（夢想），因為不再被需要而隨手捨棄的夢想（垃圾）上，站著已經實現夢想的一群人。

就此角度來說，這些人或許也不過是垃圾山的國王。如今仔細想想，兒時的自己大概就是基於這個原因，才沒有被任何職業吸引。這個世界不可能會讓所有人都實現夢想，互相爭奪為數不多的席次時，勢必有人淪為墊腳石。恐怕我從小就明白這個道理，才決定成為無人追求的非人存在……雖然也有可能我小時候單純是個笨蛋啦。

總之，即使到現在，我依舊不願成為他人的墊腳石，也不想把他人當作墊腳石。至少對我來說，目前沒有任何夢想值得讓我這麼做。偶像歌手站在光鮮亮麗的舞台上載歌載舞，必然不可能永遠都春風得意，光是想像她一腳踢下其他緊追在後的對手、檯面下經歷各種身心俱疲的事實，我就覺得自己快要胃痛了。

不過……我從未那麼思考過，或者是至今都刻意在逃避那種想法。

東屋說的那些話，浮現在我的腦海裡。

——我認為，世上存在某種即使賭上性命仍想親眼看看的事物。

——我相信他們只是無法想像實現夢想以外的生活方式。

這群人拚命到這種地步，究竟是想看見什麼？

從這群人抵達夢想的該處望去，又能看見怎樣的光景？

——看我做這種事情，妳有何感想呢？

堆積而成的垃圾山，高度僅有四、五公尺。

不過當時的東屋，確實站在比我更接近宇宙的地方。

今天是第一學期的最後一天，換言之就是結業典禮。

做為典禮會場的體育館沒有安裝空調，全校近六百名學生群聚在此，現場只能用「地獄」二字形容，不禁讓我覺得自己成了蒸籠裡的肉包或茶碗蒸。

為何校長的演講總是又臭又長？反正也沒人在聽，趕緊說出總結就好了嘛。

「啊～相信各位同學都對於快樂的暑假興奮不已，但請大家切勿忘記身為高中生的本分，時時提醒自己過著規律的生活……」

這段台詞，請指名是針對東屋，另外還有老師……不對，是笠本。

不過大人口中的「學生本分」，大致上就是「小鬼們，別給我們添麻煩」的意思。若是有人跑去樹林裡與垃圾為伍，大家都不當一回事吧。

古板無趣的結業典禮結束後，轉眼間就到了放學時間。我走在回教室的走廊上，不介意他人的目光舉起雙手，伸展僵硬的身體，這時，古古亞從我身後搭話說：

「美鈴，聽說國道旁新開一間蛋糕店，妳要一起去嗎？」

「這樣啊。機會難得，我也一起去吧。」

縱使身處在一支手機即可掌握各種消息的年代，我依舊很慶幸能收到這類差點錯過的

情報。如果餐點夠美味，就把這間店納入我的最愛吧。

蛋糕店調查團的最終人數，包含我與古古亞在內一共五人。我們邊閒聊邊走向目標蛋糕店的途中，我忽然驚覺明明正值中午，氣溫卻沒有過於炎熱。

當我天真地以為，老天爺終於願意配合厭惡酷暑的我，抬頭仰望天際時，天空不知不覺間已布滿深灰色的烏雲。在我來不及冒出不祥的預感之前，一滴水珠便落在我的臉頰。

「啊，下雨了。」

我抹去沾在臉頰上的冰冷雨滴後，雲朵開始毫無節制地吐出雨水。

距離蛋糕店已不到一百公尺，再加上雨勢不算大，所以我們不約而同地往前跑。

我們稍微淋了點雨便抵達屋簷下，古古亞憤恨地望向陰雨綿綿的天空。

「真倒楣～氣象預報說今天會放晴的～」

「別氣了，反正我們剛好也抵達目的地，快進去吧。」

我們用手帕稍微擦乾被雨淋濕的頭髮和衣服後，紛紛走進店裡。

「歡迎光臨～！」

在鈴聲和年輕女店員的歡迎聲中，我們被帶到靠窗的六人座位。由於現在是平日中午，店內客人不算太多。雅致的裝潢配色營造出舒適的氣氛，蛋糕的種類也相當豐富。這家蛋糕店有種祕藏好店的感覺，我個人挺滿意的。

坐在窗邊座位的我點了起司蛋糕與咖啡歐蕾，與朋友閒聊的同時，心不在焉地眺望窗外。

突如其來的雨，令路上的大人們紛紛以手提包或手帕遮著頭，來來往往地快步移動。雖然不清楚他們匆忙趕路的理由，卻能隱約感受得到，大家都沒有餘力悠哉地找個地方避雨。

我望著那些被小雨打亂腳步的身影，彷彿看見未來的自己。等大家的交談告一段落後，我對著坐在身旁的古古亞提問：

「古古亞，妳將來有想從事什麼工作或夢想嗎？」

「咦？美鈴，妳忽然之間是怎麼了？」

我詢問關於夢想的事有這麼令人意外嗎？瞧她那副吃驚的模樣，可是挺傷人的喔……話雖如此，畢竟我平常不太參與其他人的話題，難免令她出現這種反應。

我將叉子刺進起司蛋糕裡，盡可能保持稀鬆平常的語調補充：

「沒什麼大不了的，只是有點好奇罷了，如果妳不想回答也沒關係。」

我稍微嘗一口古古亞點的莓果塔，這裡的蛋糕都還算不錯。別看我這樣，其實對吃挺挑剔的。但我先聲明，自己並不是因此而想成為蛋糕。

古古亞以手指壓著太陽穴，露出羞澀的笑容說：

「嗯～我想想喔～雖然也不是沒有啦……但要告訴別人，又有點不好意思。」

「喔～是什麼呢？」

放心，除非妳說自己的夢想是成為蛋糕，不然我都不會嘲笑妳。大概吧。或許吧。Maybe吧。

古古亞以含蓄的口吻，對著比往常更認真等待答案的我說：

「我想從事幫助孩童的工作。」

聽見這個無法從平日的古古亞身上想像出來的答案，我吃驚地微微睜大雙眼。

古古亞撐著臉頰，望著馬克杯裡的熱可可。像這樣吃甜食配甜飲，感覺上嘴裡會又甜又膩，但她說出的話語，卻讓人感受不到一絲天真[註1]。

「這世上有許多孩童，因為家境貧困被送進育幼院，或是無法就讀大學，到頭來就算長大成人，仍無法從事更好的工作，從此陷入半永久的貧困循環中……這些是我以前在紀錄片裡看到的，所以我希望能想辦法改善這種狀況……可是具體來說，該從事怎樣的工作才好，我現在還不是很清楚。」

「唔、喔……妳想得還挺多的呢，古古亞。」

我還以為古古亞是會回答「只要現在活得開心就好啦」這類傻裡傻氣答覆的那種人，見她對將來有這麼具體的展望，老實說真的很意外，而且內容還挺沉重的。

「真沒禮貌～好歹我在必要時也會有自己的想法。即使我是個笨蛋，仍會以笨蛋的方式去思考。」

古古亞自我解嘲後，便露出開朗的笑容，反觀我內心卻是烏雲密布。

我原先認為，懷抱超出自我能力的夢想是一件很丟臉的事。坦白說我根本無法想像，容易見異思遷且成績不好的古古亞，能在將來實現她剛才說的夢想。換作是以前的我，想必會一如古古亞現在所說的，覺得她這個笨蛋裝什麼認真，在心中對她嗤之以鼻。

不過，現在我無法這麼想。就算古古亞的成績再差，但她想超越自我去挑戰夢想的態度，耀眼得令我自慚形穢。

也不知古古亞是否察覺我的臉色有異，反過來問我：

「美鈴呢？妳將來想做什麼嗎？」

註1　在日文中，「天真」與「甜」的發音一樣。

「……我……」

不出所料，基本上這類問題都會回到自己身上，因此在被詢問前，我便已隨便準備一個答案。

但現在輪到我要回答時，嘴巴卻不聽使喚。可能我認為，若是隨口說個答案敷衍了事，實在很對不起強忍害臊、認真回答的古古亞。

「到底是什麼呢？連我自己也不知道。」

我以自嘲的語氣開口，就算沒照鏡子也明白自己此刻的臉上沒有笑意。

除了我以外的人全都是笨蛋──真不知自己有什麼臉說出這種話。別說是實現夢想，我就連夢想是什麼都尚未確定。

──與其說是人生無趣，根本是我自己讓人生變無趣的吧？

古古亞豪邁地將切下的莓果塔一口吃掉，一臉傻乎乎地說：

「是嗎？妳也不必放在心上，反正我們還只是高中生，妳又聰明，任何夢想都能實現的。」

「……是嗎？」

古古亞像是想安慰人的這席話，反倒加深我的不安。

還只是國中生，還只是高中生，還只是大學生——人們就是像這樣把眼前的問題全拋給未來的自己，而且每每總會對過去不負責任的自己感到後悔。不過，許多人雖然會後悔，卻仍舊沒有改過自新，畢竟生活方式基本上都會變成習慣。

東屋努力製作火箭的心情，我現在多少有些理解了。他並非期待自己終有一天能實現夢想，而是拚命去完成自己目前能做的事……雖然我還是認為，他應該拿這段時間去學習太空人的相關知識。

我不經意地望向窗外。

雨勢稍微轉強，店前的柏油路已開始積水。

「……雨下個不停耶。」

古古亞等人聽見我的呢喃，也跟著看向窗外，同樣擺出一張苦瓜臉。

「我可不希望雨就這麼下個不停，這裡距離超商有點遠耶。」

「我把折疊傘留在學校的櫃子裡了～」

「我家現在或許有人在，我打電話叫家人來接我們如何？」

在朋友們接連對於下雨大表不滿時，我出神地注視著一處。

並不是看見了什麼，而是在默默思索，為何突然有股不祥的預感。

——雖然覺得不太可能，但是那小子……

得出結論後，我一鼓作氣從座位上起身，接著把千圓鈔票放在桌上說：

「抱歉，我想起洗好的衣服還掛在戶外，得先回去了！餐點錢放在這裡！」

話才剛說完，我便頭也不回地奔向出口。

店員與其他顧客都一臉訝異地望過來，但我不以為意地推開店門，快步衝進大雨之中。

「啊，美鈴？」

——抱歉，到時我會再跟妳們賠罪！

我沒有理會古古亞的呼喚，只在心裡如此回應，所以沒有察覺到她的意思。

留在原位的古古亞，低頭看著桌上的千圓鈔票，茫然地低語：

「……妳留下的錢不夠啊……」

我衝進沿途碰上的第一間超商，焦急地向無所事事的年輕男店員問：

「不好意思，請問這裡有賣毛巾嗎？」

「咦？啊，有的，一般毛巾就放在旅行用品區……」

我從店員所指的架上抓起一條粉紅色的毛巾，並且順便抽走一把雨傘後，將千圓鈔票一掌拍在收銀台上說：

「不必找了！」

在嚇傻的店員開口回應前，我已化作一陣風轉身跑開。

「啊，這位客人！」

就連店員的叫喚聲，我也沒有聽見。

◇◇◇◇◇

正當店員離開收銀台、準備追出去時，卻被另一名中年店員叫住了。

「別追了，就讓她去吧。」

「咦，這樣好嗎？店長。」

店長摸了摸自己的落腮鬍，感慨良深地低語：

「沒關係。我也經歷過那樣的年代。那樣的年輕人，不該迫使她停下腳步。」

「店長……」

店員注視著找零盤上的千圓鈔票，像是終於擠出聲音似地說了一句話。

「其實，那位客人付的金額不足。」

「咦！真的嗎？」

店員看了看發出驚呼的店長，從架上拿起相同的雨傘和毛巾來到收銀機前，刷完條碼後問說：

「總共還少了一百八十八圓，這部分就由店長您自掏腰包囉？」

店長先是注視著收銀機顯示的總額，然後以凶狠的目光瞪向自動門，語重心長地喃喃自語：

「……有時候，迫使年輕人停下腳步，也是身為大人的責任。」

◇◇◇◇◇

我顧不得撐開雨傘，一心一意在雨中奔跑。

為何會冒出一股不祥的預感，連我自己也搞不清楚。一般來說，不可能有人在雨中建造火箭。即便東屋因此感冒，原則上也跟我無關，畢竟我已多次勸阻他。既然東屋不肯停下愚蠢的行為，也就只是遭到報應罷了。

我在樹林裡狂奔，沾染在襪子上的泥濘令我渾身不舒服，再加上一路跑到這裡，我已是上氣不接下氣，但是有股衝動一直催促著我，迫使我加快腳步奔向目的地。

終於穿出樹林的我，雙肩不停起伏地大口喘息，同時以失魂落魄的語氣說：

「……為什麼？」

在抵達這裡之前，我究竟期待看見什麼，自己已經沒印象了。

唯一能夠肯定的是，東屋智弘蹲在雨中的火箭前方。

「啊，市塚同學。」

東屋聽見我的腳步聲，露出一成不變的坦率笑容跟我打招呼。雖然他臉上沾滿了雨水與汙泥，神情卻與往常無異。

看著態度一如往常的東屋，我惱怒得再也控制不住自己。

「……你在做什麼？」

我嗓音顫抖地如此提問，東屋則就我字面上的意思，慢條斯理地開始說明：

「也沒什麼啦，因為我昨天才幫火箭塗上黏膠，所以來確認一下是否有剝落。如果周圍開始積水，我想把它換個位置，順便幫它噴上防水噴霧；假若完全沒問題，我是打算替它多包一層塑膠布就回——」

東屋還沒把話說完，我已一把揪住他的領口，令他從地上起身。

「東屋！」

「噗呼！」

然後我使勁揮出一記右直拳，打在東屋的左側臉頰上。

看東屋整個人飛到半空中，接著以背部重摔在濕滑的地上，我毫不心軟地破口大罵：

「你這傢伙腦袋有病嗎？別逼我揍趴你喔！」

「妳已經揍趴我啦……」

「現在不是讓你搞笑的時候！」

「我沒在搞笑……是實話實說……」

躺在地上呻吟的東屋，脆弱得讓人聯想不出他平日那種難以捉摸的態度，直到這時候，我才體認到這位身材矮小的少年，跟我一樣都是高中生。

此時，我才撐開買來的雨傘，慢慢走到東屋身邊。如果任由東屋繼續淋雨，總覺得他會溶化消失在雨水中。

「你真的太奇怪了，為何那麼拘泥於這件事？難道昔日的承諾，對你而言真有這麼重要嗎？」

「……」

面對我一針見血的提問，東屋仍閉口不答。

本小姐可是犧牲了自己的襪子與樂福鞋，外加兩張千圓大鈔才趕來這裡。你這小子很有種嘛，既然你不肯說，我也有自己的打算。

「好啊，若是你不說，我就把這件事通通告訴老師與你的父母，另外也會通報公所，讓他們把這些垃圾跟火箭全部搬走。」

話一說完，我便轉身離去。東屋連忙起身，拚死出聲制止我。

「拜託妳別那麼做，唯獨這件事真的……」

「那你就趕快告訴我！」

已感到不耐煩的我，轉過身扯開嗓門，對著一臉錯愕的東屋，繼續以強硬的語調放聲說：

「無論是承諾或理由，全都給我交代清楚！倘若你不肯說……或是說完之後無法說服我，我發誓一定讓你至今的努力全部付諸流水！」

想想自己還真狡猾。明明當初表示對這件事不感興趣，並且說好會幫忙保密，但在情況不如我意時，就丟出讓人無從選擇的問題。我現在的行為，就跟自己最嫌棄的「誰說話大聲就是贏家的遊戲」沒兩樣。

即便強調是因為已想不出其他法子，這樣的藉口也無法讓我得到任何慰藉。換言之，就只是自己沒有想像中的那麼聰明罷了。

面對神情激動的我，只坐起上半身的東屋眨了眨眼睛，最終像是投降似地露出苦笑，輕聲細語說：

「……哈哈，市塚同學，妳出乎意料挺壞心眼的耶。」

「這哪裡算得上是出乎意料或壞心眼，單純是你太笨。」

我賭氣地反駁，同時朝仍坐在地上的東屋伸出手，一鼓作氣將他拉起來，接著把買來的毛巾連同包裝扔給東屋。

「拿去吧，不然會感冒的。」

「……謝謝。」

我們為了避雨，來到一棵大樹下共撐一把傘。

在一旁拿毛巾擦臉與頭髮的東屋看起來莫名性感。儘管這跟女性魅力扯不上邊，但他此刻看起來比我可愛一事，不知為何讓我很火大。當我思考著如果文化祭要舉辦女僕咖啡廳，讓東屋男扮女裝應該會很受歡迎時，忽然有一條毛巾出現在我眼前。

「來，市塚同學也快擦乾吧。」

面對東屋理所當然般遞來的毛巾，我大感意外地整個人向後仰。

「咦！沒關係，我不用了。」

「裡面有兩條毛巾，更何況妳也渾身濕透了吧。」

「……啊～嗯，說的也是，那我就不客氣。」

起先回絕的理由，就連我自己都不願多想。羞恥到很想當場消失的我，為了把這般思緒拋諸腦後，粗魯地用毛巾擦拭頭髮。

值得慶幸的是，東屋並未針對此事繼續追問。由於我們沒有其他話題能聊，因此周圍只剩雨滴打落在垃圾與枝葉上的清脆聲響。

我偷偷窺探東屋的側臉，他看似果然不太願意透露之前提過的那個「承諾」。剛剛是因為情緒太過激動，我才口無遮攔地說出那種話，現在想想，或許根本沒必要為了逼問此事，甚至做出近乎威脅的舉動。

雖說我不太甘心向東屋道歉，但自己剛才一拳將人揍倒，也無法堅稱自己完全沒錯。

為了展現身為一名成熟人士該有的氣度，我做好覺悟地張開嘴巴。

「那個……」

「我許下承諾的對象，是一名外星人。」

但東屋與我同時開口，讓我剛才做好的覺悟全都白費了。再加上這句話太出人意表，我不禁懷疑自己聽錯。

只是，我實在想不出其他相似的名詞，於是遲疑地重複東屋的話語，改口再問一次：

「……外星人？」

「嗯，我小時候摸黑外出散步時，遇見一名外星人。」

東屋不加思索地表示同意，抬頭從枝葉的縫隙間仰望著雨雲。

「他對我說『我有事情想告訴你，希望你有朝一日能夠來宇宙見我』，接著外星人很快就消失無蹤。雖然我與他的交流只有這麼一次，那對我而言卻是很珍貴的回憶。」

東屋此時的眼神，宛若少女漫畫中登場的人物般閃閃發亮，實在不像在撒謊騙人或信口雌黃。而且東屋在我眼中，不像是會撒謊的那種人。

相較於東屋，我內心別說是充滿薔薇色的浪漫情懷，反倒是陷入灰色的疑雲漩渦。看著思緒馳騁於回憶裡的東屋，我首先提出一個問題。

「……先等一下，為什麼你們會許下那樣的承諾？」

「我不知道，但我相信對於那個外星人來說，應該有某種特別的理由……」

「你恰巧遇見的那名外星人，用日語和你許下承諾嗎？」

「……」

東屋陷入沉默。

就算對方是說英文，我仍覺得相當可疑。先不提孩童時期，東屋到現在都沒有對此感到不可思議嗎？

東屋無所適從地擺動雙手，試著以了無新意的理由解釋。

「那是因為外星科技遠比地球發達。妳想想看，就像地球也有能夠跟狗溝通的BowLingual狗語翻譯器……要不然可能是直接傳遞意念，類似心電感應的溝通方式……」

你也太晚做出這樣的推論！我還以為你會立即提出假設，這樣反而像是不攻自破。

在評斷東屋這番言論的對錯之前，我用下個問題來代替回答。

「……話說回來，你為何認為對方是外星人呢？」

「因、因為他穿著太空衣。就是經常出現在電視上，太空人身上那套以白色為主、看起來十分厚實、頭盔呈圓形的服裝，而且他自稱是外星人……」

「你說這位自稱是外星人的傢伙，穿著地球製造的太空衣嗎？」

「……」

總覺得站在我身旁的東屋，隨著這一連串的問題，身形越縮越小，簡直像是真的逐漸被雨水溶化，甚至彷彿能聽見他拚命運轉腦袋的聲響。那副模樣滑稽得令人心生同情。

接著，東屋終於得出結論，以細如蚊蚋的音量說出答案。

「……因為地球製造的太空衣品質很好。」

這答案遠比我想像的更糟糕，已經到了愚蠢的地步。

所以你想說，NASA與外星人進行貿易活動，從中獲取莫大利益嗎？支付方式是刷VISA卡一次付清嗎？HAHAHA，這真是太妙啦，湯米。

「你不是才剛說過『外星科技遠比地球發達』嗎？」

「……」

相信東屋也發現自己的發言十分矛盾。看著低下頭的他，我發出一聲嘆息。

首先，外星人不會自稱是外星人吧。假設地球人與外星人交流，應該會先說明自己出身的星球、專有名詞與目的。那樣子劈頭就說「我是外星人」，是哪門子的自我介紹？如果那樣都OK，本小姐也是外星人啦。

「嗯，這下子我都明白了。雖然全都弄明白，但我必須重申一次。」

我盡可能地故弄玄虛，為了避免有人聽錯接下來的這句話，斬釘截鐵地開口：

「你是個笨蛋對吧。」

周圍傳來滴滴答答的雨水聲，以及小鳥清脆的鳴叫。

鬧起彆扭的東屋，維持著待在雨傘範圍內的距離，不悅地撇過頭去，同時喃喃自語地低聲抱怨。

「……吵死了～不用妳雞婆啦，所以我才不想說嘛……」

看來外星人一事，在東屋心中有著不同的分量。至今老是被我數落卻未曾放在心上的他，首度擺出鬧脾氣的態度，因為模樣實在太可笑，我情不自禁地笑出聲。

「……噗！啊哈哈哈哈！」

雖說把這件事宣揚出去也挺蠢的，但若是真的跟人爆料這種事，大家也只會把我當成腦袋有問題的傢伙吧。

「抱歉抱歉，我沒想到這件事對你而言那麼重要。也對，與外星人的承諾就該好好遵守，你真偉大呢，東屋小弟弟。放心，大姊姊可是既溫柔而且口風又緊，絕對不會跟任何人說。」

心情大好的我露出一臉燦笑，溫柔地撫摸東屋的頭安撫他。

東屋似乎受不了被人當成小孩子，拚命抗議。

「他、他真的是外星人啦！絕對不是哪來的地球人！他背後拖著一條好幾公尺長的白色尾巴，而且有如憑空消失般，轉眼間就不見蹤影……」

「對啦對啦，宇宙最棒的一點，就是充滿各種能讓人自圓其說的浪漫呀～」

此刻我已無心聆聽東屋的反駁。真要說來，天底下有誰會乖乖聆聽這種破洞百出的論調。

根據我搜尋太空人相關資訊時所見的內容，聽說地球製造的太空衣，搭載著超過一百公斤的生命維持裝置，讓人難以順利在地面上行走。假使那不是一場夢，就是東屋碰上腦袋很有問題的變裝瘋子。幸好他當年平安無事，如果對方是孩童綁架犯，那可不是鬧著玩的。若是那個外星人哪天出現在我面前，我就用他自豪的尾巴，當場將他五花大綁。

總之，無論那是白日夢或其他情況，東屋一心一意努力邁向目標的態度，我其實並不討厭。盡情大笑後終於心滿意足的我，改以認真的表情向東屋提問。

「我還有一件事不明白，就是你何必急著履行承諾呢？」

「……因為今年或許是個好機會。」

雖然東屋似乎仍對我捧腹大笑一事懷恨在心，卻還是坦率地回答我的問題。

他將背部靠在樹幹上，猶如回想起當年的情境般闔起雙眼。

「聽說今年是能清楚觀測到流星雨的一年，而我與外星人相遇當時，也是流星雨特別活躍的一年。當年我去奶奶家的那天晚上，同樣能看見大量流星雨。我那時為了欣賞那片美景，才晚上出外散步。就算只是直覺，我仍認為兩者並非毫無關係。我有種感覺……流星雨就是外星人接近地球的一種徵兆。」

東屋簡直像是隨時將憧憬銘記在心，令我不禁有些佩服。具體來說，那跟錯覺有何分別？很遺憾像你這種人，在賭局成立之前，早已注定是任人宰割。

但是……這或許也莫可奈何，東屋持有的情報，只有兒時那場短暫的邂逅，不管他去請教誰，大家都無法回答外星人的真面目。無論知不知情，在人類的知識未能全面共享的現下，這些情報都不是我們這種高中生所能知曉的。因此，就算是不可靠的臆測，但除了將臆測延續下去也別無他法。

這世上分成兩種人，一種是因為可能性微薄而死心放棄的人，另一種是儘管可能性微薄仍堅持下去的人。不用想也明白，東屋肯定是屬於後者。

「沒人知道下次流星雨是何時造訪地球，搞不好從今以後都不再出現了，到時我也未必能夠前往宇宙，因此我才想趁現在盡可能地完成這個目標。」

東屋的臉上已逐漸取回原有的開朗，反觀我則是對這名外星人心生一股近似於怨恨的情緒。

若是有話想說，外星人自行過來不就好了？還刻意賣關子說「來宇宙找我」，根本是想捉弄人，而且對方還是個孩子。真搞不懂這些外星人的禮數。

「希望你這麼做，不會只是自尋煩惱……」

我並非無法理解對於宇宙奧祕的好奇，但無法像東屋這般樂觀。一如地球上的人類，相信外星人也有各式各樣的個體。

「既然外星人能夠發現地球，又擁有可以多次造訪此處的科技，應該能輕易讓地球化為焦土吧？下次來訪的外星人，未必就是與你許下承諾的個體。」

「嗯，外星人與地球人在智慧上的差距，若用地球上的例子來比喻，就跟人類和蟲子沒兩樣。」

相差這麼多嗎？我是無法想像外星人的文明水準，但若是如此，他們早該把這裡變成絕望之地了吧？

「可是人類不會想消滅蟲子吧？大不了就是牠們出現在家裡或是咬傷我們時才驅除。

只要我們別主動出手，我相信他們不會想開戰。」

不，本小姐倒是想把蟲子徹底滅絕，不過我確實未必會為了這種事，特地踏進未開化的叢林裡。

撇開此事不提，我挺在意東屋剛才不著邊際談到的大前提。

「……你剛才說，只要我們別主動出手是嗎？」

此事與國境、宗教以及語言截然不同，想做到這點究竟有多困難，即便是未選修歷史課的我也非常清楚。

「那不就沒救了？要是除了你以外的人與外星人接觸，人類就直接出局了吧。」

「啊哈哈，說的也是，那我得錯開外星人造訪地球的時間囉。」

東屋笑著說出的這句話，聽似只要自己能夠見到外星人，人類有何下場都與他無關。與其說他有時會顯得很墮落，倒不如說會展露出邪惡的一面。

當我回神時，雨已經止歇。我收起雨傘，望向被塑膠布包住的火箭。

「你還需要多少時間才能完成那艘火箭？」

東屋解開塑膠布，注視著微微反光的火箭。

大概是東屋的及早應對發揮功效，最令人擔心的黏膠部分，原則上沒有問題。

「我是打算……再過兩週就做好雛形，之後會轉向裝修內部，希望能在暑假結束前完成。」

「這樣啊。」

我脫口回應的這句話，恰巧與我當初見到東屋所說的話一模一樣。

我伸出右手，貼在東屋略微發紅的左側臉頰上，以簡短的話語代替道歉。

「祝你能見到外星人。」

真是不可思議的心情，唯獨這個瞬間，我將規則、常識以及合理性拋諸腦後，打從心底希望東屋能與外星人重逢。

東屋的體溫，經由碰觸的指尖傳遞過來。

突如其來感到害臊的我，連忙轉身準備離去，此時後頭傳來東屋提問的聲音。

「市塚同學，妳覺得這世上有外星人嗎？」

猶豫是否要立即回頭的我，基於也想讓心情冷靜下來的關係，雙肩一聳回答：

「我不知道，畢竟我對這件事不太感興趣，再加上此事應該不會對地球造成多大影響。因為智慧上的差異，彼此很可能連對話都無法成立，我也不覺得那些超級科技湊巧能在地球上運作。」

基於不同的物理法則，科技也會有所差異。當科技有所差異時，價值觀會跟著改變。坦白說，我個人的觀點是井水不犯河水，這樣才會達成雙贏的局面。但至少東屋見過外星人一事很令人懷疑。

因此我以背對東屋的姿勢回應，並且秉持理性的態度做出結論。

「我目前唯一能夠肯定的事，只有我與你都是外星人中的一分子，對吧？」

聽完這句話，東屋震驚得目瞪口呆，接著猶如花朵綻放似地露出柔和的微笑。

「謝謝妳，市塚同學，妳果真是個溫柔的人。」

沒禮貌，說什麼「果真」呀，我本來就很溫柔好嗎？像我這麼溫柔的人，即使找遍整個宇宙也屈指可數。

「但我還是比不上你呀，東屋。」

在雨過天晴的天空中，隱約掛著一道彩虹。

縱使夏天還是老樣子令人厭惡，但今年夏天，稍微讓人覺得還不賴。

4. 夢醒時分

konosora no uede
itsumademo kimi wo matteiru

「喔～外星人跟流星雨呀……簡直像哪來的童話故事。」

躺在我床上的老姊未停下滑手機的手指，以有氣無力的語調如此說道。

接著，她將巧妙放在床緣的高球雞尾酒一飲而盡，並且毫不客氣地打了個嗝。

「真是個充滿浪漫情懷的孩子呢，跟妳完全不一樣。」

妳是用哪張嘴說出這種話的？假如待在拿廢棄物打造火箭的自家妹妹臥室裡大口飲酒，就叫做充滿浪漫情懷的話，那我情願當個毫無夢想的現實主義者。

老姊瞄了我一眼，像是很感興趣地提問：

「太空衣該怎麼辦？什麼防護都沒有就跑去宇宙，聽說身體會炸開喔。」

好像有這麼一回事，拿妳來實測看看如何？相信妳很適合成為夏日的煙火。

「既然他都打算組裝引擎了，應該至少會製作太空衣吧？像是讓他口中的那個外星人來幫忙。」

反正高中生製作的太空衣也只是求個心安罷了，如果對方擁有能把人類當作蟲子的科技，讓飄浮在宇宙中的屍體復活肯定是小事一樁。而且依照東屋的個性，總覺得他會笑咪咪地說「只要能前往宇宙，就算身體炸裂也死而無憾」。當然，我可是敬謝不敏。

由於此事太過異常，害我把大肆吐嘈的衝動拋諸腦後，真要說來，我覺得光是深究東屋行為的合理性就沒有太大意義了。

「這種事應該無須在意吧？反正是垃圾組成的火箭，哪可能真的飛上宇宙。」

日本頂尖菁英可是為此不分晝夜地開會討論，若一台形同暑假勞作的火箭能順利飛上宇宙，叫人情何以堪？不過我也挺好奇，倘若此事成真，這些菁英們會有什麼反應。

當我直言不諱地做出結論後，老姊從手機移開視線，像是覺得難得一見似地看著我說：

「妳在談論這位火箭小弟時，看起來似乎特別開心喔。」

「咦，為什麼？」

「呃，提問的人是我耶。」

「咦，所以我才問妳啊，這哪有什麼讓人開心的要素？」

有點在雞同鴨講的這段對話，瞬間讓現場氣氛充滿火藥味。雖然我不懂原因，但肯定是老姊的錯。

首先讓步的是老姊，她發出嘆息後，便換了個話題。

「……算了，這種事怎樣都行，那妳今後不如常去火箭小弟那裡露個臉如何？感覺上，那孩子也很高興能找到聊天的對象。反正妳時間很多吧。」

「我可比不上姊姊喔。」

只要我在家，幾乎沒看老姊出門過，記得她有在打工吧。這個女人到底是何時才去大學上課……話說她主修什麼科目？酒的歷史之類的嗎？

儘管被老姊說是閒人讓我挺不爽的，但這句話也並非完全不對。

「不必妳說我也知道。老師拜託我幫忙監視他，而且我有點想看看完成後的火箭。」

念書、交友以及監視東屋，像這樣列舉出來，要做的事情還不少。

不管怎麼說，首先就從把老姊趕出臥室開始吧。

「那麼，我還得寫暑假作業。我跟妳不一樣，每天有很多事要忙。妳不念書是無所謂，但至少不要一把年紀了還想成為Youtuber喔。」

我趕狗似地催促著老姊，等她來到走廊就一把將房門關上。

看老姊今天沒有繼續鬼扯瞎說，就這麼乖乖走出房間，不禁令我有些意外，但我很快就埋首在暑假作業裡，並未深究這件事。

「……妳真的有想清楚這件事嗎？美鈴。」

所以，沒有任何人聽見門外這陣喃喃自語。

老實說放暑假時，我盡可能不想跨出家門一步，不過待在家的話，主要會覺得老姊很煩，所以外出的機會基本上是比較多。

上午在涼爽的圖書館認真向學，心血來潮就在回程途中晃去垃圾山，這已逐漸變成我的習慣。天氣真的一如預報降起小雨時，我不禁有些擔心，就去了垃圾山一趟，值得慶幸的是現場沒看見東屋的身影。看來被我一拳打趴後，給了他不小的教訓。

可是除了雨天以外，隨時能在那裡看見東屋開開心心地與垃圾為伍。那股熱誠真令我肅然起敬。

即便是社團活動，如果一週沒有休息幾天，任誰都無法堅持下去。我是沒有見過外星人，難以體會那種心情，不過，他真的如此想見外星人嗎？

這種事根本無須多問，隨著時日逐漸成形的火箭，就是東屋的答覆。

「市塚同學，妳沒有打算趁暑假去哪玩嗎？」

這樣的生活持續一週後，東屋一如往常趁著作業的空檔，對我如此提問。

依字面上的意思，這是個稀鬆平常的問題，但是，他那種事不關己的態度，令我莫名惱火。

「你希望我去別的地方嗎？」

「我沒有那個意思。」

天曉得你是哪個意思。但就算我從明天起再也不來這裡，對我也無關痛癢。

在心底抱怨發洩完後，我振作起精神回答：

「我也不清楚，看父母心情囉。原則上每年會一家人一起去溫泉，除此之外，就是和朋友去游泳或逛街。」

雖說也因地點而定，但基本上我不討厭泡溫泉。比起在外面人擠人，或是得等上一個小時才能搭乘幾十秒的雲霄飛車，不如泡在溫泉裡悠哉療癒身心還比較適合我。就算有人嘲笑我像個老太婆，我也不在意。

……比起這個，我倒是難以想像東屋乖乖泡在溫泉裡的模樣。話說回來，東屋在建造火箭前，都在做些什麼呢？

「那你不出去玩嗎？整個夏天都在這裡玩垃圾，以一個高中生的暑假來說，未免太可悲了吧。」

「啊哈哈，我倒是不這麼認為啦，我很期待打造出這架火箭喔。」

嗯，這點我早已再明白不過了。

我回以苦笑，有些難以啟齒地試著補足剛才的問話。

「對你而言或許是這樣，不過，你的家人呢？他們也可能想多多親近身為高中生的你啊。」

……嗯～只是我死命與老姊保持距離，說這種話好像沒有說服力。

縱使因為心虛而有些含糊其辭，我仍向東屋提議：

「我沒有強迫你的意思，不過，與其為了打造火箭而拒絕家人的邀約，偶爾陪陪家人總是比較好吧？反正少做兩、三天，對於進度也影響不大，倒是你藉此放鬆一下，搞不好能提升效率喔。」

看著停下手邊工作的東屋，我的內心閃過些許不安。

這樣會不會太多管閒事呢？仔細想想，我未曾聽說過東屋與家人間的關係。我至今曾多次想像，東屋有可能是因為家中的斯巴達教育或受虐，才導致他開始製作火箭。假若真被我猜中，和家人出遊別說是放鬆，大概還會造成反效果……

不過我的疑慮，最終證明只是杞人憂天。

「……這樣啊，妳不是擔心我，而是我的父母嗎……」

一反我的擔憂，東屋像是回神似地如此低語。

接著他抬起臉來，心平氣和地對我露出微笑，並且出聲道謝。

「我從來沒想過這個問題，謝謝妳，我會試著跟他們提提看。」

我鬆了一口氣的同時也感到傻眼，於是渾身放鬆地呢喃：

「……該怎麼說呢？你這個人對於夢想還真盲目耶。」

「嘿嘿，過獎、過獎。」

「就說我沒在誇獎你啦。」

這樣的相處方式我已習以為常，於是輕笑一聲。東屋見狀也露出靦腆的笑容。

對話告一段落，我仰頭喝著瓶裝綠茶，東屋則重新看向火箭。

可是，他沒有進一步的動作。

東屋將雙手貼在火箭的外殼上，以背對我的姿勢詢問：

「……話說市塚同學呀，妳在暑假期間沒有要去哪裡嗎？」

「……啥？」

這次我不悅地皺起眉頭。

數分鐘前的那段對話究竟有何意義？簡直是我一個人在自言自語嘛。

「我剛才已經回答過啦，難道你沒有聽我說話嗎？」

現在是怎樣？難道我這次真的穿越時空？還是東屋在出言挑釁？他想表達我是個暑假期間沒有任何安排的可悲女高中生嗎？快給我說清楚！

我氣呼呼地接近東屋，不過此時抬手摸著額頭的東屋，看起來不像是在裝傻或捉弄人。

「……咦？奇怪，是這樣嗎……？」

「你這個人喔～可別跟我說你這點年紀就患有早期阿茲海默症，諸如此類讓人笑不出來的——」

我沒有多想地將手搭在東屋的肩膀上，剎那間——

看見他的身體往側面一倒，我的思考瞬間停擺。

「咦！」

東屋像一尊精巧的蠟像，以側躺的姿勢倒在地上。

我基於反射動作般搖晃著東屋的身體，大聲呼喚他的名字。

「東屋！喂，東屋！你怎麼了？」

「我、我沒事，只是有點中暑……」

「但你的狀況，看起來不只是有點中暑呀！」

東屋的臉色蒼白到即使能回應我，我也無法安心下來。再加上頂著這樣的大熱天，他卻幾乎沒有出汗。

看著眼前的狀況，我感到不寒而慄。

「——」

你在製作火箭時，究竟是多麼專注啊？

死亡——至今原以為與我存在於不同世界的兩個字，瞬間閃過腦海。

心跳劇烈得讓我胸口隱隱作痛，呼吸也變得急促。身體緊張到幾乎快停擺，我拚命擠出力氣，用手指滑動從口袋中取出的手機。

指尖發顫令我無法順利操作手機。東屋用失焦的眼眸，仰望著因為焦急而啐了一聲的我。

「等等，市塚同學，妳在做什麼？」

「那還用問？當然是叫救護車呀！」

難道你以為在這種情況下，我會打電話叫比薩嗎？當然是要找人來把你送進醫院。

終於順利撥打緊急通報號碼後，我把手機貼在耳朵上。可是東屋以近乎哀求的口吻，對至今從未如此全神貫注的我說：

「不行，拜託妳快停下來，唯獨這件事真的……」

「這情況是叫我怎麼停下來！總之你先閉上嘴巴！」

我激動地斥責東屋，此時從話筒傳來女性冷靜的說話聲。

『您好，這裡是119消防專線，請問是發生火災？還是需要急救？』

語調近乎怒吼的我急忙喊道：

「這裡有人需要急救！是一名男高中生，他因為中暑昏倒……那個，地點是……」

我像是想抓住救命稻草似地環顧四周，但周遭只有陰暗茂密的樹林與垃圾山。雖然現場有一條狀似用來非法棄置垃圾的小徑，不過救護車能否順利通行實在挺難說的。但要將東屋移動至馬路邊，也可能會有危險。

我從喉嚨裡擠出幾乎不成聲的嗓音，語調像在遷怒般提問：

「沒辦法透過GPS定位嗎？這裡是樹林裡，沒有任何地標！」

相較於近乎惱羞成怒而大喊的我，應對的女性則以機器人般的冷靜態度，向我確認現場狀況。

『請您不要切斷通話。可以請您前往救護車能夠通行的道路上嗎？』

女性維持一貫的態度，像是不在乎東屋的危機與我的焦躁。我產生憤怒與感謝參半的複雜心情，並將此情緒壓縮成簡潔扼要的話語吼出來。

「沒問題！我這就過去！馬上趕過去！」

眼下的情況跟我的情緒一點關係都沒有。現在只要有誰能夠幫上忙，管他是神明、惡魔或外星人都可以。

我暫時放下手機，強行將拚命掙扎的東屋拖到樹蔭下，接著倒出喝過的瓶裝綠茶，將手帕沾濕後，貼在東屋的後頸。就算這點應急措施只是讓人心安而已，也總比什麼都不做來得好。

我強迫東屋喝完剩下的綠茶，語氣強硬地命令：

「東屋，你不許亂跑喔！假如你敢亂動，即使要我揍人，我也會阻止你！」

「等等……市塚同學……」

東屋制止我的聲音，我已聽不進去。我一鼓作氣站起來，將手機貼在耳邊，快步穿梭在樹林間。途中，樹枝與雜草在我的臉頰與雙腿留下輕微割傷，但我完全沒有放慢腳步。

明明只是短短一分鐘，我卻彷彿經歷了近似永恆的漫長時光。

終於來到能隔著樹叢看見柏油路的位置時，我便告知自己已經抵達馬路附近。從女性口中得知，已將精確的定位座標傳送給正在路上的救護車後，我才安心地切斷通話。站在原地等待的幾分鐘裡，我卻覺得漫長到已經過了好幾倍、甚至好幾十倍的時間。

以往總被我當成背景音或雜音的警笛聲，如今聽起來像是充滿希望的旋律。看見沒多久就駛來的救護車，我三步併作兩步衝上前去。

救護車一發現我便停下來，從中走出一名壯年的男性救護員，凜然說道：

「讓妳久等了，患者在哪裡？」

「在那邊的樹林裡！我讓他躺在樹蔭下！」

在我們交談的期間，另外兩名救護員分別用單手拿著急救箱與擔架，從救護車裡走出來。

救護員稍微看了看身後，確認準備已完成後，注視我的雙眼說：

「能麻煩妳帶路嗎？」

「當然沒問題！」

就算你沒問，我也有此打算。我無所顧忌地邁開步伐，沿著來時的路徑往回跑。不愧是平日便勤於鍛鍊的救護人員，就算他們身上扛著不少裝備，也能順暢地跟在我身後。

東屋聽從我的指示躺在樹蔭下。他毫無動靜的模樣，乍看之下真的像是已經過世，嚇得我不禁渾身發顫，不過他在聽見救護人員的呼喊後，確實有做出回應。

三名救護員俐落地完成急救處理，讓東屋躺上擔架後，往救護車的方向移動。我再也按捺不住，向跟在另外兩名成員後方的壯年救護員問：

「東屋他不要緊吧？」

救護員抹去臉上的汗水，朝我點一下頭，臉上浮現鬆一口氣的神色。

「嗯，假如再晚一點，情況可能會很危急。患者的意識還算穩定，我想應該沒有危及性命。雖然接下來必須立刻送醫檢查，但我相信只要靜養一段時間，他很快就會康復。」

我花了好一段時間終於理解這番話的意思後，全身的體溫才恢復正常。

我將手貼在胸口，以細如蚊蚋的音量喃喃自語。

「……太好了……」

緊張的情緒一口氣舒緩，總覺得自己就要癱坐在地上。

救護員將他厚實的手掌搭在我肩上，出言慰勞說：

「這都多虧妳處理得當。妳要一起來醫院嗎？」

無須多言，我原本就有此打算。除了得確認那個笨蛋真的安然無恙以外，還打算好好訓斥他一頓。像這樣給我增添不必要的擔憂，代價只是請我吃一、兩塊蛋糕，根本太不划算了。

但在我打算點頭同意的瞬間，發現擔架那裡好像滴下一顆水珠。

有可能是我眼花了。我花了幾秒的時間，注視著躺在擔架上的東屋，但還是沒能成功確認。這段期間，擔架已消失在樹叢另一頭，轉眼間不見東屋的身影。

最後，我對神情困惑的救護員搖了搖頭。

「……沒關係，我就不去了，東屋拜託你們。」

救護員露出有話想說的模樣，但他似乎以自己的方式看出端倪，並沒有繼續追問，轉而為了追上擔架，踏著堅定的步伐離去。

獨自留下來的我，為了把關於水珠的真相拋諸腦後，盡可能以凶狠的態度低語：

「……這都怪你自己不好，東屋。」

明明順利度過最糟糕的危機，我卻不知為何無法放鬆，也沒有慶幸的感覺。一股未知的情緒盤據在心底深處，令我久久無法釋懷。

如今回想起來，想必是我已經下意識地察覺到了。

所謂的不祥預感，往往都會特別靈驗。

接下來好一段時間，我都沒有接近過垃圾山。

既然東屋不在，我也沒必要去那種地方。儘管這句話合情合理，但我大概不光是基於這個理由。恐怕，即使東屋在那裡……不對，而是他若真的在那裡，我更是不願前往垃圾山。客觀來說，我做了正確的事，卻也因此令我更加恐懼。我正確的行動，假如為東屋帶來他不樂見的結果——只要一想像東屋會露出何種表情，就令我百般不願去見他。

具體來說這是何種心情，我並未完全認清。

但以結論而言，我的預感成真了。

在東屋被送進醫院的一週後——

因為我沒有與東屋交換聯絡方式，別說是他家住址與送往哪間醫院，我就連他現在的狀況都不清楚。由於待在家裡也靜不下來，我終於決定前往垃圾山一趟。戶外還是老樣子奇熱無比，宛如想把我關在家裡似地持續升溫，不過我強迫自己當作沒這回事。

一旦離家外出，酷暑也不再那麼令人難以忍受。事實上，我只是無心在意那點瑣事，現在一心一意朝著那座樹林前進。站在看慣的羊腸小徑入口，我深呼吸一次後，邁步踏進樹林。

沿著這條算不上是步道的小徑走去，我忽然感到不太對勁。

「……嗯？」

我邊走邊思考這個問題，最終順利找出答案。

這條路有別於先前，變得相當好走。路面被踏得十分平坦，樹枝與雜草也已被清除，讓人容易通行。只是三名救護人員在此往返，而且那是一週前的事，我實在不覺得那樣便能把小徑踏平到這種地步。

我在想不出個中原因的狀況下，從枝葉縫隙間看見一部分的空地，以及一道熟悉的背影站在那裡。如此巧妙的偶然，令我萌生一股五味雜陳的心情。既然與他撞個正著，我也不能視若無睹。

我努力讓自己保持冷靜，撥開樹枝對著東屋的背影打招呼。

「東屋，你的身體要不要——」

下一瞬間，我不禁啞然失聲。

我抵達空地後，越過東屋的背影看去——那裡變得空無一物。

成堆的垃圾山已不見蹤影，放眼望去只剩下一片空蕩蕩的荒地。

那座垃圾山彷彿打從一開始就不曾存在。之前的那段日子，恍如全是一場夢。

當時的痕跡，連一丁點都不被允許留下。

「……那座垃圾山已經被丟掉了。」

站在一旁的東屋，對愣在原地的我小聲解釋。

光是這麼一句話，我就徹底明白了。

這裡的東西都被清理乾淨，包含東屋費盡心血打造的那艘火箭。

「……」

我想不出該說些什麼，甚至無法鼓起勇氣扭頭看向東屋的側臉。我隨意與東屋接觸，並且毀掉他的夢想。這是我現在最不敢面對的現實。

「嗯……那些原本就是被人丟棄的垃圾，說它們『被丟掉』好像怪怪的。所以該說被清理嗎？還是被收走呢？嘿嘿，我也不是很清楚。」

東屋的語氣比想像中更為開朗。

不過，我聽出東屋朝氣蓬勃的嗓音中，參雜著不穩的顫抖。

「為什麼？」

「聽說在那之後，有不少湊熱鬧的群眾聚集在這片樹林，於是這裡的垃圾山被人發現了。公所接獲通報後，便派人來清理……大概是有人覺得孩子在這裡嬉戲會有危險吧。嘿嘿，而且事實一如他們所言，我也無從辯解。」

「喂，為什麼？」

「這也莫可奈何，畢竟公所的工作就是維持城鎮的整潔，不管我用什麼理由說『拜託讓垃圾山留下來』，他們也不可能聽我的吧？想想還真厲害，當初這片樹林裡的那座垃圾山，僅僅一週就被全數清乾淨。」

我已經壓抑不住怒火。

「為什麼！為何你能像這樣坦然接受！」

我放任自己的情感宣洩，一把抓住東屋的肩膀，強行讓他以正面面對我。

東屋那雙看似黑曜石般目光蕩漾的眼眸，讓人看不出他此刻的心境，我為了挖出他封閉在心底深處的真心話，緊接著把話說下去。

「不對，你沒有坦然接受，這種事叫人如何接受，你差點中暑喪命才完成到一半的火箭，就這麼輕易被人清理掉了，不可能有辦法坦然接受吧！最大的證據就是你當時哭了！其實你早就知道會變成這樣吧？」

東屋仍保持沉默，但不像是被我激動的模樣嚇到，很明顯是以此同意我說的話。

將這片空地所有垃圾丟掉的那幫傢伙，擅自清理垃圾山的那幫傢伙，我饒不了他們。其中最無法饒恕的，就是當初完全沒預料到會出現這種結果，既愚蠢又膚淺的我。

現在的我，恨透了讓東屋心生絕望的一切事物。

「你很生氣吧？你一定想責怪我太雞婆，害你至今的努力全都白費吧？拜託你別為了我故作堅強！就算看見你強顏歡笑，我也一點都不高興！」

一鼓作氣將心底話全說出來的我，猶如剛跑完上百公尺般，雙肩起伏地大口喘氣。

我都大吼到自己的耳朵隱隱作痛，東屋仍沒有撇開目光。

我都用力到指頭掐進東屋的肩膀裡，他卻沒有皺過一次眉頭。

明明逼問的人是我，我卻感到是自己被逼得走投無路。

我很害怕聽見東屋的答覆，不過現在選擇逃避的話，我必定會再也無顏面對東屋。為了避免讓東屋發現我已開始腿軟，我使出更多力氣將手搭在他的肩上。

看著東屋終於緩緩張開唇瓣，我不禁繃緊全身。

「我沒有在逞強喔。」

東屋說出的這句話，並未帶有憤怒與悲傷。

他似乎想體諒閉口不語的我，露出燦爛的笑容。

「我反倒鬆一口氣，甚至覺得很幸運呢。」

「啥……？」

面對這出乎意料的台詞，我漸漸放鬆自己搭在東屋肩膀上的雙手。

東屋以沉靜的動作擺脫我的束縛，朝垃圾山原先所在的地點走去，接著以開朗的語調，滔滔不絕地說：

「市塚同學，妳說的沒錯，我早該認清現實。一名高中生想前往宇宙，打從一開始就辦不到。這不是誰的錯，單純是我不知天高地厚地挑戰而受到報應。更何況打造出徒有外形的火箭，又該如何讓它升空飛上宇宙呢？如果賠掉性命的只有我一人也就罷了，可是一旦砸下來，搞不好會引發大災難——」

起先，我不明白東屋把話說到一半就止住的理由。

接著，我才終於發現東屋已轉過身來，看著我的方向。

原以為東屋是看著我背後什麼東西，不過流過臉頰的溫熱觸感，告訴我會錯意了。

那個溫熱的東西流至下巴後，化成一滴水珠在地上彈開。

我好幾年不曾流下的淚水，無論此刻如何壓抑，都沒有止歇的跡象。

「……麼……」

——為什麼我會哭呢？

簡直是莫名其妙。我原先是期望出現這樣的結果才對。當初我一直認為，東屋應該要學著做出符合自身年齡的行為。既然火箭已遭清理，他只要放寬心、努力成為一名太空人就好。但他頑固地拒絕我的主張，無法放下認真想前往宇宙的幼稚夢想——

思考到這裡，我終於明白自己落淚的理由。

「……為什麼……」

因為，東屋是認真想前往宇宙。

因為，我就近接觸到東屋的認真。

因為，我親眼看見東屋放棄他無可取代的夢想的瞬間。

東屋是個純真的人，甚至會因為我取笑他與外星人的承諾而鬧彆扭。所以，他絕不會做出為了迎合他人或開玩笑，就將自身夢想一笑置之的舉動。反過來說，除非當他認真放棄了這個夢想，才會做出這種事。

「那個東西」是連賦予其名都為人忌憚，充斥在這個世上的存在。

那就是不值一提，卻又千真萬確的——絕望。

「為什麼……你要說這種話……」

我不僅像個孩子似地哭著抱怨，還哽咽哭泣。模糊的視野害我什麼都看不清楚，卻能感受到東屋的困惑。不過，我光是抹掉接連湧出的淚水就已是極限，根本沒有餘力控制住自己。

——管它是夢想還是什麼，對自己而言，到頭來都只是一種堅持……

既愚蠢又幼稚的人是我。我至今未曾想像過，一個人在放棄夢想的瞬間，竟是如此令人煎熬。

東屋仍不發一語，失去夢想而佇立於原地的他，形同亡靈般虛無縹緲。

等我回神時，已經轉身跑開了。我背對東屋，一溜煙逃離現場。

我不斷奔跑、向前奔跑，猶如逃命似地一直奔跑。模糊的視野害我多次差點撞上樹幹，但我依然沒有放緩腳步。我狂奔的速度，就跟日前叫救護車時差不多，或是更為快速。

縱然抵達了相隔很長一段距離的柏油路上，東屋的笑容仍在我腦中揮之不去。

東屋沒有出聲叫住我。對於現在的我來說，這是最值得慶幸的一件事。

我不想遇見任何人，也不想跟任何人說話，只想立刻一頭埋進被窩裡睡覺。難以理解的情感不停在腦中打轉，再不睡一下重整思緒，總覺得自己快要發瘋了。

但是不如意的事往往會接踵而至。

我一碰到房間門把，便明白自己的臥室裡並非空無一人。我完全不看床鋪一眼地拋下一句話：

「抱歉，姊姊，能麻煩妳出去嗎？」

「不要～因為我是小猴子，所以聽不懂人話～」

老姊完全不理會我此刻的心境，而且視線未曾從手機上移開，一如往常捉弄我。

可是我無意與老姊針鋒相對，也不想默默退出房間。我現在不想見到雙親，更別提其他陌生人。

無意與老姊糾纏不清的我，拉開椅子坐於書桌前，接著趴在桌面上隨即開口：

「那妳就永遠待在這裡，別去吃飯、上廁所跟洗澡，就算是死也不要離開這個房間半步。」

我幾乎是下意識地使用手機搜尋關鍵字「除掉市塚美典的方法」，很遺憾得到的搜尋結果是零。感覺上自己甚至被人類忠僕的機器拒絕，令我基於一股難以言喻的孤獨將手機扔在桌上，將臉埋進枕在桌面的雙手之中。

老姊終於察覺到我的反應有別於往常，瞥了我一眼問說：

「妳怎麼了？遇到什麼不開心的事情嗎？」

老姊應該是想以自己的方式關心我，但她擺出一副別說是離開這個房間，甚至連從床上起身都不肯的樣子。而且她接著說的話，更能隱約窺見她那粗線條的好奇心。

「啊，難道是那個？妳之前提起的火箭小弟？一定是跟他吵架了吧。如何？被我猜中了嗎？」

難道這女人無法經由臆測與體諒他人的心情來判斷嗎？不，我看她應該辦不到。誰叫她是一隻猴子，除了吃飼料（香蕉）跟睡覺以外一無是處。

不管是哪個傢伙，除了我以外的人，還有我……

全都是一群大笨蛋。

「實在太奇怪了……為何他要特地用垃圾組裝的火箭前往宇宙……一般人都會決定成為太空人啊……如果當時不叫救護車……我又該怎麼做……」

我脫口而出的話語，全是對東屋的埋怨。事到如今，「自己一點錯都沒有」的自我防禦機制仍正常運作，令我感到惱怒，陷入自我厭惡的連鎖中。

剛才，我寧可東屋斥責我，寧可聽見他罵我「一切都被妳搞砸了」。或是看見東屋大哭。因為自己費盡心血打造的火箭被扔掉，導致他難過得像個孩子般痛哭吶喊。

不對……可能單純因東屋沒有出現上述反應，我才會冒出這種想法。他若是真的動怒或哭泣，我或許會秉持更加溫柔與寬容的心態反駁他。但是，若當真出現這種情形，我與東屋的決裂將會變成無可動搖的事實。

我的腦中亂成一團，完全無法思考。

真希望有個重置鍵，讓這一切都沒發生過。

唉，我不想再思考任何事情了。

「為何我會有這種心情……以及這究竟是什麼心情……我全都一頭霧水……」

我像是想用吐露心聲取代乾涸的眼淚來發洩。總之，如果沒有藉由某種方式持續宣洩情感，總覺得自己的身體會從內部爆裂開來。

真要說來，我其實不想被老姊看見自己如此沒用的一面——

「我說美鈴呀～」

「呼哇？」

聽見來自耳邊的聲音，我嚇得跳起來。
老姊不知不覺間已離開床鋪，站在書桌旁邊。
我為了遮掩自己哭腫的雙眼，用袖子擦了擦臉，坐在椅子上抬頭仰望老姊。
「……怎麼？妳有什麼事嗎？姊姊。」
老姊低著頭注視我好一會兒，我看不透她鑑定般的視線有何用意，於是對她提出質疑。至此，老姊才終於說：
「妳現在是怎樣？剛才那些話是認真的嗎？」
「……啥？妳是什麼意思？」
聽到老姊省略一切具體內容的詢問，我更是眉頭深鎖。
老姊看見我的反應，有如得出結論似地將手貼在額頭上，虛脫地搖了搖頭。
「……真的假的？妳當真完全沒注意到嗎？」
老姊那副別說是在嘲笑，根本近乎憐憫的口吻，令我產生一股說不上來的怒火。
所以我才討厭笨蛋，這種人錯把自己當成世界的中心，認為周遭都應該明白自己的想法。說難聽點，即使是長年相處的夫妻，相信也會做出跟我一樣的反應。
總覺得從心底燃起的熊熊怒火，讓我找回原本的自己。起先我是懶得理會這隻猴子，不過是時候展開反擊了。當我冒出以上想法的瞬間——

「美鈴，妳這個人當真在某些方面特別愚蠢耶。」

老姊丟出的話語——對我接下來的命運造成巨大的震盪。

5. 貴族義務

我一副像是準備進行某項挑戰，豪邁地站在一間平凡無奇的屋子前。

門牌上的名字是「東屋」。

我再次深呼吸，做好覺悟後，伸手按下門鈴。

『你好，這裡是東屋家。』

聽見疑似是東屋母親的應答聲後，我注視著門鈴上的監視鏡頭，口齒清晰地說：

「請問東屋智弘同學在家嗎？我姓市塚，是他的同班同學。」

『啊，好的，請稍待片刻……智弘，你快來，有女孩子！有女孩子來找你囉！』

『咦，什麼？是誰？市塚？等、知道了，我馬上過去，麻煩請她等一下！』

……怎麼說呢？東屋與他的家人，感覺上都很普通耶。

聽著他們手忙腳亂的聲音，反倒讓我的心情平靜下來。

切斷通話十幾秒後，玄關的門微微打開，從中露出一隻眼睛窺探著我。

確認是身穿制服的我之後，身穿高中運動服的東屋才開門走出來。面對突然找上門的我，他吃驚地眨了眨雙眼。

「妳、妳怎麼會來找我呢？市塚同學。」

我用目光將東屋固定在原地，大步往前一跨，雙手搭在他的肩膀上。

「東屋。」

我望著一臉畏懼的東屋，注視他的雙眼宣言：

「來製作吧。」

「咦，製作什麼？」

東屋的反應可說是再正常不過，可是對於現在的我而言，沒有比這個情形更令人急躁的事。

難道你以為，我們是要手牽手一起製作蛋糕或模型嗎？你製作過的東西，從頭到尾只有一個吧。

「當然是火箭啊！」

「咦？就算妳這麼說，那東西已經……」

對於仍面露難色的東屋，我一把握住他的手，不由分說地拉著他。

「管你是已經還是曾經或是誦經！總之快跟我來！」

「先、先等一下啦！市塚同學？」

穿上洞洞鞋的東屋，一副完全搞不清楚狀況的樣子，但我毫不理會，拉著他的手往前走。

真是不可思議，一種從現在起能做到任何事、能達成一切心願、十足孩子氣又無所不能的心情，滿溢在我心中。在我的腦海裡，甚至冒出一種身邊的路人與野狗都是我前世結識的朋友，堪稱極度愚蠢的幻想。

這種連為之命名都嫌麻煩，情感波動的高峰──我相信對世人而言，就叫「希望」。俗話說風水輪流轉，搞不好真的完全沒錯呢。

我和東屋抵達的目的地是我們就讀的高中。由於正值暑假期間，校內除了進行社團活動的學生與顧問以外沒有其他人，更不可能有人出現在教室裡。我毫不猶豫地穿過校舍出入口，沿著階梯往上走。東屋似乎仍無法理解我這一連串行動的意圖，不過好像已經明白多問無益，默默跟著我走。

當我們終於抵達教室，東屋目睹裡面的情景時──雙眼瞪大到像眼珠子快掉出來，嘴巴則張大到下巴快脫臼。

「……這是……」

時間回溯到昨天下午一點。

這天明明正值暑假期間，教室裡竟然幾乎座無虛席。

結束與老姊的對話後，我彷彿快捏壞手機般，使勁將它握在手裡，透過社群網站的聊天群組號召所有同學到教室集合。內容是詳情至學校再跟大家說明，總之先來教室集合。其實光憑我一人，應該沒辦法召集這麼多同學，多虧古古亞毛遂自薦地幫忙主導此事，才能順利通知所有人。之後再根據大家原有的安排調整，並且多少強迫眾人都要參加，最終就是相約在這個時間。

現場為數不多的空位中，一個是屬於我——市塚美鈴的座位。

另一個空位則是東屋智弘的座位。因為他原先就稍稍被班上同學孤立，結果反倒有助於目前的情況。

「各位同學，先感謝大家願意在暑假期間集合在此。」

站在講台上的我，嗓音微微顫抖地說。

老實說，我現在很害怕。搞不好今後的高中生活，我都得置身在同班同學們的白眼中。雖然我不介意自己沒朋友，但還是不願被人以充滿敵意的眼光對待。

現在已是騎虎難下。其實我是刻意安排成這種情況，因為不這麼做，我無論經過多久都仍是個笨蛋。

生活方式會養成習慣，假若只是期待自己終有一天會做出改變，那永遠都不會有所改變。

現在，就是改變的時刻。

「我直接進入正題。其實，我想修改此次文化祭的主題。」

我終於從嘴裡擠出聲音，儘管沒有特別大聲，仍清楚地傳到教室底端。

現場沒有任何人開口說話，應該是預期我會進一步解釋。

「既然像這樣請大家集合，相信各位已有所察覺，我不僅想要修改主題，而且可能還得花費大家許多時間……一個不小心，恐怕會讓各位的暑假都泡湯。」

我親身感受到班上氣氛出現變化。雖然無人開口，但大家的肢體動作與呼吸等背景音，比起言語更能直接傳遞出人們的情緒。

我緊張得十指發麻、雙腿顫抖。因為我不敢直視大家的表情，不由得低下頭去。

「……大家應該都很火大、很不耐煩吧？在這樣的大熱天被找來學校，突然聽到我說這種事，各位會這麼想也是理所當然。換作是我，也會有一樣的想法。」

考量到同學們的心情，我搶先一步說出來。

大家難以信服的想法，其實我也感同身受。他們現在對我抱持的感受，我至今不知經歷過多少次。出於我個人的考量，要求同學們一起配合，如果沒有人心生反感的話，我反而會大呼不可思議。

「我明白自己沒有資格這麼要求各位，畢竟我至今也一直認為，大家只不過是碰巧分在同個班級，為何每每面臨學校活動之際，就得被迫付出勞力。不光是學校活動，我想很多人也會懷疑，交朋友究竟有何樂趣。這種感覺很糟，對吧？那傢伙又不是自己的朋友，不想幫忙也是理所當然。」

將想法化成言語後，令我更深刻感受到自己有多麼醜陋。我是什麼時候產生這種心態？記得以前是更加單純且開心地度過每一天啊。

但是……這樣的假設無論重新思考多少次，也無法回到「那個時候」。

「我已做好覺悟，就算得不到大家的配合，我一個人也會堅持下去，不過單靠我一個人是不夠的，那樣勢必會與以往毫無分別，所以……」

我明白這是將自己的想法強加於他人，我明白這是自己的一意孤行。

就算這樣，我還是必須將自己的想法傳達給他們。

這不是為了別人，而是為了讓自己能夠向前邁進。

「拜託大家！我不敢說自己想藉由這個機會與各位成為好朋友！我不確定這是不是自己一輩子的請求！也明白自己是個差勁的傢伙，還說出這種差勁的請求！但我仍必須再次強調！」

我一口氣低下頭，以近乎尖叫的嗓音懇求所有同學。

「拜託大家在這段暑假期間，能夠陪我任性一次！」

此時的我披頭散髮，抱持向老天爺祈求的心情，等待同學們做出判決。

說實話，在我站上講台前，原以為古古亞與數名朋友會爽快地點頭答應，如今卻覺得自己的想法可能太天真。現在冷靜想想，哪有人會為了短短兩、三天的文化祭，白白浪費一整個寶貴的暑假。更別提其他與我毫無交集的同班同學，別說是自告奮勇來幫忙，途中失去耐心而拍拍屁股走人也不足為奇。

我一個人也會堅持下去——這句話絕無一絲虛假，但是被全班三十名同學拒絕幫忙，不單單只是失去幫手，而是此事對我來說，將會是難以承受且充滿苦難的未來。此刻的我，恨透了曾認為「就算沒有朋友也無所謂」的自己。

同學間掀起一陣騷動，卻無人針對是否同意一事說出結論。

此時，有一人出聲打破這陣漫長的沉默。

「美鈴，妳先抬起頭來。」

這道聲音來自古古亞。我聽從這句話將臉抬起，見到她前所未見的認真神情。

「我知道妳不會因為一時興起或是鬧著玩而提議這種事，也明白妳一定有很重大的理由，但唯獨一件事，我怎麼樣都想不透。」

古古亞將雙手環抱在胸前，一臉打從心底不解地問我。

「為什麼妳要故意用那種容易惹大家生氣的說法呢？」

我再也按捺不住，把臉撇向一旁。像我這種否定至今一切交友關係的人，總覺得沒有資格面對古古亞。

「……因為我覺得那樣子很卑鄙。」

終於擠出聲音的我，語調有些沙啞。

對於如此沒用的自己，淚水幾乎快奪眶而出，但我還是拚死忍下來。

「我覺得只要強調大家都是朋友，心地善良的在座各位就會願意幫忙，可是我不想做出那種只有自己需要時，才擺出朋友嘴臉的行徑，也不想踐踏大家的善意……」

「美鈴。」

古古亞突然呼喊我的名字，接著用雙手捧住我的臉頰，迫使我正視她。

「嘿！」

下一瞬間，古古亞冷不防以自己的額頭撞上我。

頭蓋骨發出「咚」一聲，震撼大腦的劇痛隨之襲來。

「好痛！」

「好硬！」

我和古古亞幾乎同時發出哀號，並且一起蹲在地上。

喂，等一下，先不提我，古古亞也出現這種反應是什麼意思？

因為實在太痛，令我眼眶裡的淚水全都縮回去，甚至一瞬間差點忘記自己在說什麼，以及自己為何站在教室裡。

我按著額頭站起身，對仍痛不欲生的古古亞凶狠地逼問：

「……麻煩妳先給個解釋。」

就算這句發言會惹怒古古亞，但她這樣的舉動仍令人難以不計較。

我原本打算根據古古亞的說法，甚至對她展開反擊，可是她給出的答案，蠢到令我打消念頭。

「對不起嘛，因為平常感冒時，都會透過貼額頭來測量體溫，所以我想說藉由這種方式，或許能明白妳的心意，結果只是又硬又痛。我從沒想過額頭居然這麼硬，像鋼板一樣……唔，糟糕，有點想吐。」

「……」

別講得好像跟真的沒兩樣。妳剛才發出「嘿！」的吆喝聲吧，那肯定是為了最後這齣鬧劇才使出的頭槌。既然妳不惜犧牲自我，像這樣幫忙打圓場，我反而更加確信妳是故意的。

當我考慮替古古亞補上致命一擊，伸手撥開額頭上的瀏海時，她才終於復活，像隻野生動物似地甩了甩頭，按著發疼的額頭開口：

「與其說妳很頑固，倒不如說妳在某些方面特別愚蠢。就算沒聽妳說出那麼冗長的自白，我們從很早之前就發現，其實妳比較喜歡一個人獨處了。」

「……咦？」

「當然會發現啊～我們平常都會主動邀妳出去玩，反觀妳從來沒提過呀。」

古古亞不以為意吐出的這句話，對我而言卻是一大衝擊。

狀似對察覺他人心思相當遲鈍的古古亞，早已看穿我的心思——不對，即便古古亞已經看穿我，我也沒想到她會說出這種話。因為我眼中的古古亞，是那種在意客套話的人。

古古亞有如看透我的內心，促狹地悶笑一聲。

「不過這就是朋友啊。縱使在一起很開心，有時也會嫌麻煩。美鈴的自尊心可能比較高，但是區區一名高中生，不該想著追求完美。假若有真心想要達成的目標，就必須使出渾身解數去完成。當妳陷入困難時，只要乖乖向旁人說一句『拜託請幫幫我』就好啦。」

古古亞的一席話，無論語調和內容都略顯樂觀，同時深深打動我的心。

……可是，我的心情仍未撥雲見日。

單純是古古亞為了我，才勉強自己這麼說吧。

想得這麼單純，當真不要緊嗎？

「不過這麼一來……」

見我依舊怯懦地低下頭，古古亞用力拍一下我的背部，活力十足地說：

「就算是只顧自己方便又沒關係，反正是否答應幫忙，也是由我們自行判斷呀。」

古古亞臉上沒有一絲陰影。即使只是客套話，即使她是在打腫臉充胖子，此刻我仍很感謝她的這份開朗。

古古亞不同於我的堅強，令我感到十分耀眼。

古古亞瞥了一眼井然有序坐在位子上的同學們，扭頭以下巴指了指大家說：

「美鈴，妳擔心太多了，不必這麼介意啦。教室裡有一半的同學，都挺喜歡這類事態發展喔。」

「剩下的一半呢？」

「只求事情趕緊決定，想盡早離去的人。」

聽到有問必答的古古亞這麼說，教室裡就像是有人一口氣捅破蜂窩般，所有人都鬧成一團。

「喂，先等一下！」

「抗議！妳這段發言有問題！」

「哈哈，對啊對啊。」

「比起這個～麻煩妳快點解釋要幹嘛啦！」

「有可能耗光整個暑假，不覺得反而讓人熱血沸騰嗎？」

大家隨心所欲地表達意見與宣洩情緒，卻沒人否決我的擅自主張，直接甩門離開教室。

我壓抑住從眼底湧現的溫熱感，聲音拔尖地詢問古古亞。

「……能拜託大家幫幫我嗎？」

相較於我好不容易才擠出來的聲音，古古亞的口吻與平常無異，沒有一絲猶疑。

「那還用說，因為我們是朋友吧？」

現場隱約有一陣啜泣聲，但來源不是教室裡，而是從走廊傳進來的。

經過幾秒之後，大家才發現笠本老師躲在門外偷聽。

教室裡有許多同學拿著剪刀與刀片在裁切大量紙箱。

課桌椅全被移至後方，不分男女和樂融融一起動手的光景映入眼眸，壯觀到連負責號召的我，都不禁懷疑起自己的眼睛。「學校活動無聊透頂」的觀念，老實說並沒有徹底從我腦中抹去，但我現在開始能體會喜歡參與這類活動的心情了。

東屋宛如陷入半恍惚的狀態，向我發問：

「真驚人……是市塚同學召集大家的嗎……？」

東屋以敬畏的眼神說出這句話，令我感到渾身發癢。

我回以羞澀的笑容，逐一看向辛勤作業的每位同學。

「這還不是全部的人，因為大家也有社團活動、補習班或其他私事，很難有機會全員到齊。」

當然，現在才剛站上起跑點，日後勢必有人故意找藉口不來參加，或是失去耐心而中途放棄。

但我覺得無所謂，就如同這件事對我跟東屋而言十分重要，其他人也各自有想珍惜的事物。究竟哪方比較重要、哪方必須優先，任誰都沒有權力決定。當他們充分度過屬於自己的時間，只要一時興起、稍微來瞧瞧我們的進度，這樣我就心滿意足了。

「而且，我沒有這麼大的影響力。當我提及你打算製作火箭前往宇宙，以及火箭被清理掉的事情後，大家二話不說就答應幫忙囉。」

「咦！妳的意思是……」

「對不起，我再一次失約了……不過……」

我一時之間說不出話來，接著靦腆一笑，終於把話說下去。

「就是多虧你，才能夠把大家聚集在這裡喔。」

因為東屋不顧一切的努力，才打動我的心。

因為他打動我的心，我才能夠不顧一切地真心面對其他同學。

找出瀕臨毀壞的事物，將之修理、彌補、研磨後，使其變得比之前更為出色。

垃圾山國王的稱號，意外地並非諷刺。

……當初隨口替東屋取的綽號，現在卻覺得有點帥氣，真叫人不甘心。

我為了掩飾心中的害臊，搔了搔臉頰，抬頭望向天花板說：

「原本我們是打算憑自己的力量再加把勁……但現場無人曾打造過火箭，所以不好意思，得麻煩大病初癒的你也來幫……」

聽到突如其來的啜泣聲，我反射性地止住話語。

仔細一看，站在我身旁的東屋，眼中不斷落下豆大的淚珠。

「為何你要哭啊！咦，這害你這麼傷心嗎？我不該把事情說出去嗎？那個，我或許不該這麼做啦！而且還一連失信兩次，真的很抱歉！」

「抱、抱歉……」

東屋聽見我的抗議，連忙擦了擦眼角，不過落下的淚水似乎變多了。

「因為……我真的很開心……」

聽見東屋細如蚊蚋的說話聲，安心與傻眼的感覺同時萌生。

東屋在我哭泣時露出笑容，在我露出笑容時卻又哭了……他到底是與我身處在多麼不同的次元啊——我不禁對此再次感到肅然起敬。要不是彆扭外星人的一時興起，我這輩子大概都不會跟東屋扯上關係吧。

看著泣不成聲、持續哽咽的東屋，我伸出雙手緊緊捏住他的臉頰。

「既然開心就給我笑～！難道你笨到忘了該怎麼笑嗎～！」

「痛痛痛痛痛痛痛。」

我的雙手往兩側移動，發現東屋的臉頰比想像中更有彈性。他那副淚眼汪汪卻張嘴微笑的模樣，簡直是真人版的福笑[註2]。

啊，總覺得挺有趣的，東屋的臉頰猶如麻糬般極具延展性。

當我好奇能拉長到何種程度，玩弄起東屋的臉頰時，工作告一段落的古古亞來打岔：

「啊～美鈴把東屋惹哭了！」

「我才沒有咧～！」

「嗚哇～！」

因為我突然鬆手，東屋的臉頰宛若橡皮筋似地彈回去。以古古亞為首的班上同學們放

註2　日本傳統的新年桌遊，遊玩方式是蒙眼將五官圖案排列在畫在紙上的臉，比賽誰拼出的圖案最正確。

聲大笑，笑聲隨即傳遍整個校舍。

事到如今，我才對自己受同學們矚目一事感到害羞，於是向忍著疼痛撫摸臉頰的東屋冷淡地說：

「……因為全都是紙箱，對你來說或許有點不夠看吧。」

「哼哼哼，妳也不想想我是誰啊？市塚同學。」

終於止住哭泣的東屋，聽完我的話之後，露出別有深意的淺笑。

那個，你是哪位？應該只是又矮又笨又愛哭的普通男高中生吧。

在我準備如此吐嘈前，從旁傳來另一道聲音。

「喂～我收集來了～！」

是笠本老師的大嗓門。滿頭大汗的他，臉上充滿成就感，向我們招了招手。

包含我與東屋在內的多名學生們尾隨老師走去，發現校舍入口處停著一輛小貨車。貨台上蓋著的布，甚至比貨車車頂更高。

老師以誇大的動作掀開布，堆積如山的紙箱頓時出現在我們眼前。

紙箱的數量不只是十幾二十個，在成堆的紙箱裡，還塞滿已經摺疊好的紙箱。那些快被撐破的紙箱都膨脹得扭曲變形，彷彿能聽見它們發出悲鳴。

我們對這超乎想像的收穫吃驚不已。笠本老師神情得意地挺起胸膛說：

「嗯~真是大豐收，我向廢物回收中心解釋過緣由後，他們立刻答應把紙箱分給我。於是我從老家借來一輛貨車，現場有多少紙箱就盡可能裝進來……」

老師似乎對我們遲遲沒有發出歡呼一事感到訝異，這句話說到後面幾乎已聽不見了。

正在竊竊私語的學生們，臉上別說是充滿尊敬與感謝之情，甚至還浮現困惑的神色。

「那個，這實在是……」

「……收集太多了吧？」

緊接著傳來一陣紙張撕裂的聲響，應該是其中一個紙箱被撐破了。

看來真的發出悲鳴了，請節哀。

「……咦？難道我白忙一場……」

笠本老師呆愣在原地，不知所措地玩著自己手指，狀似一名惡作劇被發現的孩子，整個人變得很消沉。不知為何，總覺得能夠想像老師學生時代的模樣。

當我們面面相覷、不知該如何是好時，率先開口的人是東屋。

「沒這回事，老師您並沒有白忙一場。」

東屋對著一臉像是捉住救命稻草的老師，緊接著提問說：

「老師，您還可以收集到更多紙箱嗎？」

「啊、啊，這種東西，只要大家需要，我相信無論多少都能準備……」

笠本老師如此回答的同時，看似無法理解東屋的用意，其實我也抱持相同想法。雖然也要依尺寸而定，但這麼多紙箱，應該足以打造出兩、三艘火箭吧。東屋需要那麼多紙箱是想做什麼？

東屋狡黠一笑，對大惑不解的我們說：

「各位，我有一個提案，大家願意聽我說嗎？」

接著，聽完東屋不由分說拋出的爆炸性發言，我們全都震驚不已。

有人錯愕得發出驚呼，有人震驚得目瞪口呆，有人懷疑東屋是否發瘋了，有人笑得拍手叫好，大家的反應截然不同，可是無人劈頭否定東屋的提案。

至於我，也被東屋的提案嚇得反應不過來。

——說的也是，就該這樣才對。

——誰叫你是垃圾山的國王。

由於我對東屋奔放的作風已見怪不怪，因此像是揮別心中的迷惘般露出苦笑，妥協地接受了。

接下來的一個半月，是我至今度過的暑假中，最為乏味、最為充實且最有意義的一段時光。

「我已經畫好設計圖了。」

「……你真的要這麼做呀。在剩下的暑假期間內有辦法完成嗎？」

「……老實說，我自己也沒有把握。即便一切都如同計畫進行，想在一個多月的時間裡完成，實在是……」

「你們兩個，哪有人在動手前就說這種喪氣話！這樣即使原本能成功的事，最終也會搞砸喔！」

「反倒是要拿出超前進度的幹勁才對！」

「就是說呀！讓大家瞧瞧我們的潛力吧！」

除了六、日以外，我們幾乎每天都來學校報到，全神貫注地製作「那個東西」。設計、裁切、折疊、組裝、塗裝，有時甚至被迫重做。

「唉唷~又搞砸了……」

「怎麼了……？啊～裁過頭了。」

「各位抱歉！都怪我，又得重做……」

「沒關係，雖然得重做，不過這或許能做為其他零件，總之先放著吧。」

「真、真的嗎？總覺得我好像在拖累大家耶……」

「哪有什麼拖不拖累，這裡沒有人能獨當一面，單純只有擅長與不擅長的區別罷了。」

「事情已過，再繼續糾結也於事無補，我們一起思考接下來該怎麼做，以及能夠做些什麼吧。」

結果，沒有任何人中途放棄，大家反倒將失敗一笑置之，互相勉勵，為了製作出更優秀的東西而越發團結。

而且，每件事都以東屋為中心。

「東屋～這個零件該怎麼做？」

「東屋同學，我現在剛好忙完了，有其他事情需要幫忙的嗎？」

「抱歉，東屋，你過來一下！情況有點緊急！」

一方面也是因為整體設計是由東屋負責的緣故，但除此之外，東屋更以總指揮的身分、開心果的身分激勵班上同學。他從不擺架子、不敷衍人，不論對誰都誠懇以待，因此成為眾人仰慕的對象。

「東屋，你真厲害，居然能夠利用垃圾來製造火箭。」

「我也想親眼看看那艘火箭耶~你這個渾小子，竟敢一人獨占這麼有趣的事情，真是太狡猾了。」

「嘿嘿，謝謝你們。雖然應該已經沒機會再製造，但是聽你們這麼說，相信那艘火箭也了無遺憾啦。」

「你下次要建造的話，記得約我喔，我也會幫忙的！」

「我也要、我也要！既然要做的話，就來打造一艘當真能飛往宇宙的火箭吧！」

當時的東屋，既遜又灰頭土臉，與「帥氣」二字八竿子打不著。

但因此更顯耀眼的他，當真是名副其實的「垃圾山國王」。

我起初還擔心在教室裡看似個性較為陰沉的東屋，沒辦法融入班上，事實證明只是杞人憂天，令我放心不少。

「東屋同學給人的感覺很不錯呢。」

「……咦，什麼意思？」

「嗯～我也不知該如何形容……該說他為了班上盡心盡力嗎？還是他笑口常開的一面呢？但也不會讓人覺得他很虛假。」

「啊，我能理解～儘管算不上是帥氣，卻令人想聲援他，或是想保護他。」

「真希望能有個像他一樣的弟弟呢～」

「……」

「妳別吃醋嘛，美鈴。」

「我才沒有咧！」

……因為大家很自然地打成一片，令我有股難以言喻的微妙心情，不過這件事就先別管了。

「……市塚同學，妳怎麼了？」

「什麼事都沒有。只是我身染不捏你的臉頰幾下，就會死掉的怪病罷了。」

「那個……這怎麼想都很不正常喔，而且妳的眼神好可怕。」

「姊姊不記得有教出一個愛頂嘴的弟弟喔？」

「痛痛痛痛痛痛痛痛。」

不光是東屋，經過這個暑假，我知道了許多同學們意外的一面，比方說興趣、專長、個性、家境以及將來的夢想。

「其實我小時候啊～不知為何想成為電玩遊戲喔，不是成為裡面的角色或遊戲工程師，很莫名其妙對吧？」

「啊，我也是耶！我讀幼稚園時，不是想成為蛋糕店老闆，而是想成為蛋糕！」

「咦，真的嗎？太好了～原來不光只有我一人！」

「耶～這也算是一種緣分，下次一起出去玩吧？」

總覺得這是我畢生頭一次，真正去接觸自己以外的人生。

「喔～什麼什麼？看你們好像在做什麼有趣的事情。」

「就是說啊～也讓我們參加嘛！我們不會礙著各位的！」

「咦，可以嗎？畢竟你們不同班，而且文化祭是各班都得準備自己的活動……」

「放心放心～反正我們班的活動主題是只需一週就能輕鬆搞定的那種。」

起先看起來近似無限的一大堆紙箱，隨著時日確實逐漸減少。

宛如每過一天就撕掉一張的日曆，為邁向結束的夏日倒數計時。

「市塚同學，妳在做什麼呢？」

「哼哼～這是祕密。」

於是——那天終於到來了。

女記者興奮的介紹聲，響徹澄澈的藍天。

「請各位觀眾睜大眼睛瞧瞧！」

據校長所說，自這所高中創校以來，本屆文化祭罕見地盛況空前。不僅是他校學生與鄰近居民，連隔壁城鎮、鄰近都市、甚至是其他縣市的民眾都專程前來。這都多虧包含古古亞在內等多名志同道合的學生們，透過社群網站積極幫忙宣傳的緣故。

這屆文化祭的最大賣點，就是盤據在升旗台前、狀似飛機的巨型太空梭。

東屋當時提議製作、花費暑假大部分時間所完成的就是這個。

我原是打算將教室布置成星象館，然後配置幾艘火箭而已，想當然如今這巨大的成品，一間教室根本塞不下。由於這是全長三十公尺、總高度達九公尺，根據實物比例縮小約二分之一所製成，再加上細部都有塗裝，而且講究到把升旗台打造成發射台，甚至是輔助火箭也一併完成，因此從遠處欣賞，那逼真得不像是用紙箱打造出來的。

另外，太空梭的機體部分（好像稱為軌道器），能讓人實際進入內部，而且儀表板、駕駛艙、休息室、引擎室以及太空衣都忠實呈現。這部分的小配件，是用廢棄時鐘、水箱、水管、安全帽等還能回收利用的垃圾拼湊而成。由於開放讓人參觀，總會伴隨人為損壞的風險，因此現場有進行一定程度的人數管制。

我在目睹作品完成時，稍微喜極而泣了。到最後，別說是我們班上沒有一人半途而廢，甚至還出聲邀請別班的同學加入，藉此招募到更多幫手。在這樣呼朋引伴製作太空梭的過程中，幾乎沒有發生過因為人太多而造成的衝突與混亂，最終奇蹟似地加速度迎向完工的一天。

「在稀鬆平常的校園裡，竟然一夕之間出現一架太空梭！如各位觀眾所見，鄰近居民都前來參觀，現場熱鬧得像是一場祭典！」

製作期間，由於放置在戶外有日曬雨淋造成損壞的風險，因此我們依照東屋的設計圖，將太空梭細分成許多零件製作，然後有效利用空教室、社團教室、體育館二樓的部分空間存放。在文化祭前一天以及當天清晨，我們總動員前來完成組裝。對東屋來說，他原先的目的除了想避免日曬雨淋，似乎也考慮要讓太空梭忽然出現在世人眼前，藉此為大家帶來驚喜，結果確實如他所料。

總之，唯獨今年，我不得不感謝天上那顆耀眼的太陽。因為假如今天下雨的話，我們的付出就全數白費了。

「難道這間學校裡，有政府暗中成立的宇宙發展祕密基地嗎？為了尋求真相，我這就去採訪太空梭的設計者！」

女記者說完這段像在演短劇的台詞後，將麥克風與攝影機鏡頭，轉向站在太空梭前的東屋。

「專題負責人東屋智弘同學！你完成此次製作太空梭的壯舉後，現在有何感想呢？」

「啊、那個，我沒有這麼厲害……都是多虧大家同心協力，才能順利完成這艘太空梭……」

東屋一臉目光飄移、支支吾吾的模樣，著實讓人看不下去。

我接受到東屋求救的眼神，泰然自若地走進拍攝範圍內，將手搭在東屋的肩上說：

「東屋，你真是的，好歹說句『這群愚民都是多虧本大爺的領導』吧？」

「我、我怎麼可能說得出那種話嘛！」

想想也是，假如東屋膽敢這麼說，我早就一拳揍趴他了。

面對稍稍取回平日作風的東屋，我秉持著百分之百的善意繼續開口。

「很遺憾這艘太空梭無法升空，下次至少要打造出能飛上宇宙的傑作。」

「市、市塚同學！現在不必提那種事吧……」

「畢竟你已經跟身穿地球製太空衣、會說日語的外星人許下承諾了不是嗎～」

「什麼什麼～攝影機有在拍攝嗎～？是轉播嗎～？是現場直播嗎～？是全國性的電視台嗎～？」

「文化祭還會持續一段時間，歡迎大家光臨～！可以的話也來參觀運動會吧～當然最好是女生囉～！」

「啊，這位同學！就說不能直接那麼做呀！」

「各位觀眾，請聽我為大家演唱色情塗鴉的〈阿波羅〉。」

「啊～全體教師想藉由此次機會，讓應屆國中生們明白本校的優秀。希望能在四月的開學典禮上見到大家……」

「此、此展覽預計持續至文化祭結束當天的九月十五日！有興趣的民眾，歡迎大家踴躍前來參觀！」

看似再也承受不住狀況失控的女記者，強行將轉播做出總結後，有如腳底抹油似地與攝影師逃離現場。真是軟弱的傢伙，居然這點程度就投降了。

我們同時看向彼此，很有默契地笑出聲。

結果，來參觀太空梭的人潮別說是衰退，甚至受到新聞報導的影響大幅增加，當初特別設計得較為堅固的太空梭，在文化祭最後一天已扭曲變形。彷彿能聽見太空梭發出哀號的我，慰勞地撫摸它的外殼說「辛苦你了」。

文化祭最後一天，我們的太空梭在頒獎典禮上獲得最優秀獎，而且大家一致同意應該由東屋代表領獎。

在台上領獎的東屋，態度與之前受訪時判若兩人，顯得極為冷靜。想想他都與那麼多人交流過，就算再排斥這種場合也該習慣。

頒獎典禮結束後，我們在落日的餘暉中拆解太空梭，並且舉辦營火晚會。

起初有多數人贊同「直到太空梭自行解體前，都讓它保留在校園裡」，沒想到東屋卻強烈希望能將之拆解。他十分感謝大家的幫忙，對於大家想把太空梭保留下來的心情也感同身受，不過他表示，大家一定得為此事做出了結。

東屋想拆解太空梭的心情，我多少能夠理解。為了文化祭而打造的太空梭，在文化祭結束時，也必須結束它的使命。就算失去逐漸毀壞的太空梭，我們至今築起的羈絆也會一直存續下去。

雖說我們並未表決過如何拆解太空梭，卻無人做出衝撞以及用腳踢等破壞行為。倘若有人這麼做，肯定會遭人斥責。大家都像在慰勞自己親手打造出來的太空梭，小心翼翼地將之拆解，將殘骸集中於一處。

日落時分，當笠本老師點火的瞬間，現場低聲啜泣的人，肯定不只有一、兩個。雖然我不是其中一人，不過東屋也沒哭出來，倒是令我十分意外。

「……就算早已明白，仍讓人覺得很落寞呢。」

望著熊熊燃燒且不時發出劈啪聲響的太空梭，我對身旁的東屋如此低語。東屋先是點了一下頭，接著閉上雙眼。

「嗯，但我覺得這樣就好。」

東屋闔起雙眼的模樣，與其說是不願看見太空梭被大火燒盡，更像是在悼念已故的好友。

我直覺認為，東屋正在為之前那艘火箭祈福。希望那艘小火箭，能幫忙引導這架大型太空梭離開人世。

「由垃圾組裝的火箭未能升上宇宙，但即使並未升空，也不表示白白浪費當時努力的過程。反倒是，如果輕鬆飛上宇宙，當事人未必能真切體會到成就感。」

東屋睜開的眼眸，倒映出這片熊熊火光。

紅色火光交織在黑色瞳孔、褐色虹膜以及白色鞏膜上，讓那雙眼眸映出不可思議的色彩。

「我當時說過『不管夢想實現與否，我認為實際上並沒有太大差異』，其實有點在逞強，但我現在是真心這麼認為。在這次的暑假裡，與大家一起完成的這項壯舉，我這輩子絕對不會忘記。」

東屋宛若仔細琢磨這句話似地說完後，突然扭頭面向我，壓低嗓音說：

「市塚同學，我想讓妳看一樣東西，晚點可以和我去個地方嗎？」

「……真巧耶。」

面對東屋突如其來的提議，我回以認真的表情說：

「我剛好也想找個能夠獨處的地方。我有些話想跟你說。」

「……咦，妳想說什麼呢？」

東屋訝異地瞪大雙眼，但我沒有多說什麼，將目光移回仍在燃燒的火焰。

即使沒有看向東屋，也能感受到他的慌亂，讓我莫名覺得可笑。為了掩飾這種心情，我誇張地伸了個懶腰。

營火晚會結束後，當我們抵達那片樹林時，太陽已經沒入地平線。

東屋使用從書包裡拿出的手電筒，毫不猶豫地踏進樹林裡。我訝異又傻眼地心想他準備得還真周到，順著東屋照亮的小徑往前走。

當我們抵達空地後，東屋站在空地中間，得意洋洋地問：

「如何？」

在我反問這句話是什麼意思之前，東屋關閉了手電筒，抬頭望向夜空。

我跟著他往上看——對於映入眼簾的這片光景，情不自禁地倒抽一口氣。

我至今已看過無數次夜空中的星星，但在這裡看見的夜空與星星，有著彷彿異世界般令人驚豔的密度與亮度。

大小不同的繁星，以散發出淡淡光輝的上弦月為中心，爭奇鬥豔地閃耀著，卻又不可思議地未給人失序的雜亂感。四散於空中的星子，看起來像是保持著微妙的平衡。彷彿繁星們井然有序地排列於名為夜空的舞台，在月亮的指揮下規律地閃爍，藉此完成某種綜合藝術。

由於附近沒有多餘的光害，平常看不見的小星星也清晰浮現於夜空中。想到自己頭頂上竟然有如此多星星，與其說是覺得奇妙，不如說是難以冷靜下來。

這片美景真叫人嘆為觀止。總覺得打從出生到現在，自己從不曾像這樣因為感動而發出讚嘆。

「……真的好美。」

「呵呵，很壯觀吧？這裡是我的祕密基地喔。」

「只是祕密基地的氛圍已不存在了。」

少掉那座熟悉的垃圾山，儘管我再不情願，仍有種寂寞的感覺。反倒是身為當事人的東屋，似乎真的已整理好心情。

「那也無所謂，反正每個男生都喜歡祕密基地……妳怎麼了？」

「沒事，你別在意。」

東屋發現我露出遙想當時的笑容後，不解地詢問。我搖了搖頭，輕描淡寫地帶過問題。

待心情平復下來後，我對東屋問說：

「瞧你經常在上課時打瞌睡，是因為跑來這裡欣賞星空嗎？」

「我並沒有每晚都來，畢竟家人會擔心，但我不時會來這裡。」

……不時會來這裡？有個這樣的孩子，想必雙親也很辛苦。

突然，東屋張開右掌，舉起手用力伸向滿天的星星。

「因為待在這裡，會覺得自己十分接近宇宙，甚至伸手可及。總覺得有朝一日……我能再次見到那天的外星人。」

我可以理解這種感受。像這樣仰望天際，確實給人一種強烈的臨場感，宛若宇宙近在眼前。

可是，低頭望向身旁的東屋，就會徹底明白這只是自我安慰的幻想。

一手抓向天際的東屋，看起來真的很蠢。算了，他原本就是個蠢蛋。

「單純是你太小隻，導致外星人沒發現你吧？」

我吐出這句與夢想沾不上邊的嘲諷後，東屋將手收回，憤恨地瞥了我一眼。

「……只是市塚同學妳長得太大隻啦。更何況從宇宙中看下來，高矮幾乎沒有任何分別……」

東屋鬧彆扭地鼓起雙頰，模樣像隻倉鼠。東屋的臉頰還真是變化自如。

「你別生氣嘛，為了讓外星人能夠發現小小的你，我送你一個好東西。」

我面露苦笑，翻了翻書包後，將取出的東西遞給東屋。

「來，這是王冠。」

那是一頂猶如從童話裡冒出來、符合刻板印象的王冠。金黃色的王冠上，有著放射狀的尖刺部分，其頂端則是寶石般的圓形，並且散發各色光芒。當然這不是真的王冠，是我利用紙箱、畫具以及老姊的指甲油（我擅自拿來用），製作出來的贗品。

東屋看見這頂王冠，雙眼散發出比王冠更閃耀的光芒，小心翼翼地收下。

「咦，這是要給我的嗎？哇～謝謝妳，市塚同學！」

「……嗯，不客氣。」

我算是費了一番功夫才完成這個東西，所以很慶幸能讓東屋那麼開心。但他開心的模樣超乎我的想像，反倒害我不知該如何回應。而且，要說這頂王冠有多麼費工，其實我也只花了三十分鐘左右就完成。

東屋像是把它當成真正的王冠般，拿在手中仔細端詳一番後，欣喜地戴在頭上。

「如何？適合我嗎？」

「適合適合，很有垃圾山國王的架式。」

我輕輕拍手，故意如此數落。王冠的尺寸我只有稍微粗估一下，不過它戴在東屋的頭頂上，比我想像中更加適合。
戴上王冠的東屋，擺出一副傲慢的姿態，得意洋洋地挺起胸膛。
「哼哼，即使說是垃圾山的國王也不容小覷，所有人都必須服從國王的命令喔！」
相較於心花怒放的東屋，我以沉著冷靜的語氣說：
「是noblesse oblige（貴族義務）才對。」
「諾、諾布……？」
東屋對這個陌生的詞彙大惑不解，於是我簡單地解釋：
「noblesse oblige，也可引申為一個人的地位越高，就必須擁有越高尚的品德。既然你戴上那頂王冠，首先要表現出對等的誠意才行。」
東屋先是看了看頭頂的王冠，接著將目光移向我，稍微眨了眨眼。
「……咦，難道我被算計了？」
我故意不發一語，平心靜氣地繼續注視著東屋。
東屋已將身為國王的尊嚴拋到九霄雲外，神情慌張地開始辯解：
「先、先等一下，就算妳要我表現出誠意，但我也沒什麼東西可以送妳……」
由於驚慌失措的東屋看起來太可笑，我忍不住輕笑出聲。

那頂王冠也不值多少錢，材料只是紙箱，連鍍金都沒有。

「你不需送我東西或給錢。其實我有件事一直想問你，你只要老實回答就好。」

我走向東屋，直直注視他的雙眼。

「欸，東屋。」

「什、什麼事？」

我面對神色緊張的東屋，下定決心提問：

「你因為心臟病的關係，無法活太久是嗎？」

猛然颳起的強勁夜風，順手擄走針刺狀的王冠。

今天，仍不見流星雨飛過我的頭頂上方。

6. 一路順風

konosora no uede
itsumademo kimi wo matteiru

進入主題之前，我先稍微聊點不值一提的昔日往事。

當我還是小學生時，其實非常崇拜老姊。

相信不光是我，對於絕大多數的人而言，哥哥、姊姊這類親人，至少在幼年時期很容易是崇拜的對象。無論是體魄或知識層面，歲數上僅僅幾年的落差，在孩童時期都有明顯的差距。對於當時的我來說，不論任何問題都能立即回答的老姊，是一名貨真價實的天才，我也深信身為其親生妹妹的自己，必定也與眾不同。當老姊升上國中時，我相當憧憬她那身可愛的制服打扮，甚至私下偷穿那套制服，站在鏡子前擺出各種姿勢。

但是，當我就讀國中之後，這種自作多情的憧憬就粉碎了。

即便我不覺得自己能成為魔法少女，不過在踏入名為國中的未知領域時，或多或少期待著會有某些新奇的體驗。但想當然耳，生活中就連觸發新奇體驗的跡象都沒有，我就這麼平凡無奇地上學念書、平凡無奇地參加社團、平凡無奇地與朋友閒聊，度過一段平凡無奇的國中生活。

看見大家穿著相同的制服，我莫名覺得同班同學的人數真多。

我在上課期間，側眼瞄了同學們一眼後，突然頓悟一件事。

縱使只侷限於與我同世代的人，這世上的人類也多到氾濫的地步。只不過是可有可無之中一員的我與老姊，怎麼可能會是與眾不同的人物——這就是我當時得到的感想。

在接下來的日子裡，我理所當然的人生，會理所當然地持續下去。不管是驚奇或喜悅，都集中於僅限的可能性裡。一想到這，我猛然覺得自己的人生真是索然無味到無以復加。

在那之後，我更加認真地用功念書。就算沒有特別的才能——不對，正因為沒有，我必須盡可能提高自己的價值。我不想淪為他人眼中那種可以隨意割捨的替代品。於是，我付出的努力順利奏效，成績明顯向上提升。

當我明白越多事情，不明白的事情也隨之增加。

比方說——升上高中的老姊，為何每天那樣悠哉度日。

『姊姊，妳都已經是高中生了，再這樣得過且過沒問題嗎？』

看著已過晚上八點才返家的老姊，我語帶嘲諷地迎接她。由於我在國中時期，成績就已遠超過老姊，因此在我心中，自己與老姊的優劣關係早就顛倒了。

老姊不在意我的冷嘲熱諷，以相形之下更為愉悅的態度回應：

『正因為我是高中生呀。一生僅此一次的高中生活，無論玩樂或學習都應該全力以赴。』

面對意料中的答案，我裝腔作勢地發出嘆息。我倒是想反問老姊，究竟怎麼能看出她在學習上也付出了與玩樂相同的精力？

所謂的高中生活，並不是人生之中的特殊活動，只是絕大多數人必經的一個過程。反正當老姊成為大學生時，肯定也會以一生僅此一次的大學生活做為藉口。

我懷疑老姊仍抱持著自己是與眾不同的天真想法，於是話中帶刺地說：

『妳現在有餘力說那種風涼話嗎？就連時下的大企業，也接連傳出員工過勞死、做假帳等醜聞。因為少子化和高齡化的關係，自治團體即將瓦解的新聞也層出不窮。連養老津貼的給付，也不斷提高年齡限制。等到我們出社會的年代，天曉得世界會變成怎樣。這年頭已不是只要找到工作或跟人結婚，就能安然度過晚年。姊姊將來若是流落街頭，可不關我的事喔。』

老姊聽完我語氣嚴肅的嘮叨後，漫不經心地笑著一語帶過。

『唉唷～美鈴妳真愛瞎操心～放心，姊姊有仔細為將來打算啦。』

明明我純粹是出於擔心老姊，卻換來這番像是遭人鄙視的話語，為此怒火中燒的我，忍不住冷漠地吐出一句話。

『……啥？學力偏差值比我低的人，憑什麼說這種話？』

自己在這之後和老姊說了什麼，老實說我已經沒有印象，但是我與老姊之間的隔閡，不難想像就是從此時開始。

總覺得我對於不知天高地厚、一心追求夢想跟目標的人，會刻意以雞蛋裡挑骨頭的態度對待，就是始自這個時候。簡言之，就是基於「能力比我差的人別談論夢想」的理由——正確說來是歪理。

我不認為自己說錯什麼。即使如今回想，我仍覺得老姊當時對於將來的看法，當真是太過樂觀。老姊那種把麻煩事留待日後再處理的生活態度，看在當時的我眼中，除了覺得她令人嫌惡以外，多多少少也迫切希望她能成為一名獨立自主的大人。相信任誰都不願見到兄弟姊妹自甘墮落。

話雖如此，我也不是不覺得自己對老姊說得太過火。但是老姊當年並未對這件事耿耿於懷，再加上我多少有些自傲，所以此事就一拖再拖，最終被我拋諸腦後。

現在仔細想想，說起我的本質，或許跟自己瞧不起的老姊是半斤八兩。由於勝過老姊的優越感太過強烈，導致我無法客觀看待自己。

不去面對心中的疑慮與芥蒂，到頭來都不會有好下場。

這種稀鬆平常的教訓，早在很久以前就被人說到爛了。

那麼，事情回溯至一個月前。

在垃圾山與火箭被清理掉，我意志消沉的那天——

「美鈴，妳這個人當真在某些方面特別愚蠢耶。」

老姊拋出的這句話，不是平日那種吊兒郎當的語氣，總覺得言詞中包含近似針對我的怒意。

我不懂老姊為何執著這個話題，臉上難掩心中困惑。老姊以罕見的強硬語調說：

「欸，妳當真以為那個孩子，只是一時鬼迷心竅才製作火箭嗎？妳都親眼見證過他強烈的熱誠，為何不去想想他可能是基於某種深刻的理由，唯有現在才能夠完成目標，不得不趁現在實現夢想呢？」

「唯有現在才能夠完成目標，不得不趁現在實現夢想……？」

我被姊姊的氣勢嚇到，只能複誦剛才勉強聽見的話語。

老姊所說的疑慮，至今曾在我心中冒出過無數次。但是這個問題，我已經得到答案了。當我在雨中摔趴東屋的那天，以近乎脅迫的方式，聽東屋親口說了。

更何況，我早就跟老姊解釋過那件事。

「因為他說……今年能清楚看見流星雨……能看見流星雨的那一年，可能就是外星人出現在地球附近的徵兆……」

我在回答的同時，總覺得心底出現一股詭異的躁動。

東屋確實是這麼告訴我，但是——

「妳親自調查過這件事嗎？」

老姊宛如早已看透我，一語道破我心中的不安。

她對著啞口無言的我，進一步繼續說：

「那孩子是從哪裡得知今年能清楚看見流星雨呢？」

我一把抓起丟在旁邊的手機，打開網頁瀏覽器，手指顫抖地輸入關鍵字，搜尋關於流星雨的情報。結果，雖有今年能觀測到的流星雨類型與時期等相關情報，可是沒有提及今年的流星雨會是數年難得一見的資訊。

當我檢視完一整頁的搜尋結果，心跳已加快近乎兩倍。

「怎麼會……既然如此，東屋為何那麼說……」

「妳覺得是為什麼？」

不同於焦躁得大口喘氣的我，老姊以極其冷靜、極其冷淡的口吻反問。

「美鈴，妳自己也說過吧？就算他奇蹟似地建造出火箭，並且真的飛上宇宙，最終也無法返回地球，只能死在那裡。這麼一來，為何那孩子不努力成為太空人，必須趁著仍是高中生的現在，就要想辦法前往宇宙？」

騙人。

——我也不曾想像過自己長大成人的樣子。

騙人，這都是騙人的。

——而且我無法耐著性子，等到自己長大成人。

因為東屋他……

——那我問你，你現在想像過自己日後的生活方式嗎？

——哈哈，這應該算是刻意刁難人的問題吧？

因為東屋他……從來沒有提過這種事。

——他那種自知不可能通過太空人資格選拔考試，卻有把握讓自製火箭升空的自信，我完全無法理解。

那小子總是頂著一張無憂無慮的笑容。

——真是個悠哉的傢伙，我是擔心你將來變成垃圾屋的屋主。

——哈哈，我哪可能變成那樣。

東屋既天真又樂觀，一直不計結果地動手打造火箭。

——我認為，世上存在某種即使賭上性命仍想親眼看看的事物

我越是否認，腦中就浮現越多之前與東屋的談話。

無論是東屋的言行，或是我聽完之後的感想，全都成了印證臆測的證據。

不過臆測終歸是臆測，老姊的推理也可能出錯。但是並未得出上述可能性的事實，對我來說是最為致命的失誤。

「……姊姊，妳是何時注意到這件事？」

「現在。」

面對我壓低嗓音的提問，老姊一副像是全然不在意我心中感受般坦白回答。

「我並非對此有十足的把握而刻意隱瞞這件事，畢竟我不是超能力者，也沒有任何惡意。但是對於那孩子，妳至少比我更了解他。既然妳得出與我相同的結論，想必那就是答案吧。」

——喔～外星人跟流星雨呀……簡直像哪來的童話故事。

我回想起老姊刻意裝傻的話語，怒火湧上心頭。

「為什麼！」

我踢開椅子站起來，一把揪住老姊的領口。

老姊想愚弄我是無所謂，因為我早已徹底明白，自己沒有想像中那麼聰明過人。

縱使她沒有把握，但她既然已隱約察覺出這件事——

「為什麼妳不早點告訴我？姊姊！」

若是老姊及早提到這個可能性……或者，即使沒有講明白，只要別瞎扯什麼扭蛋理論，說那種製造混亂的內容……

就算我拚命抗議，老姊仍舊維持逆來順受的態度。

「假設我告訴妳，妳當真聽得進去嗎？」

見我越說越激動，老姊不耐煩地拍開我的手，冷漠地說：

「妳別事到如今才想推卸責任。這可是妳在面對未能立刻理解的事物時，不去想辦法理解所招來的結果吧？」

那雙眼裡，別說是對於妹妹的同情，甚至能窺見輕蔑的神色。至此，我才首次驚覺一件事。

——我才不愚蠢！單純是除了我以外的人都太愚蠢啦！

並非老姊沒有告訴我，而是我一直把她拒於千里之外。我與周圍的凡人不同，就算沒有同伴或與人合作，也能一個人活下去——這種自以為是的幼稚想法，導致我的視野變狹隘，同時奪走了我與老姊認真交流的機會。

到頭來，這是我咎由自取的下場。在情況不利於己時，就將責任轉嫁到老姊身上，這除了「自私」二字以外，還有哪句話能形容。

老姊一點錯都沒有，一切的過錯……都在我身上。

我重新體認到自己的愚昧後，頭昏腦脹得雙腿發軟，無力地鬆手放開老姊的衣領。接著，老姊用食指抵住我的額頭說：

「接下來妳有何打算？想再次推卸責任，遷怒到我身上嗎？或是認為搞清楚也無濟於事，決定裝作不知道？還是妳什麼都不想知道，不想有所瓜葛，只想閉上雙眼塞住耳朵，就這麼躲進被窩裡，默默等到所有事情結束？」

總覺得老姊的一席話，經由碰觸我額頭的那根食指，直接傳進我的腦中。

老姊給出的選擇，大肆動搖我的心。

所以，我才不想與人深入交流。不管我表現得再好，旁人總會擅自給我製造麻煩。如果全部推說是老姊的錯，我就無須為此苦惱。裝作什麼都不知道的話，也就不會受到傷害。

就跟以往一樣。我只要一如往常，得過且過地看待這件事，就不會……

——謝謝妳，市塚同學，妳果真是個溫柔的人。

「整件事尚未成定局吧？」

東屋的話語閃過腦海的同時，老姊從我的額頭上移開指頭說道：

「能夠決定今後未來的人，是妳自己喔，美鈴。」

那一天，我來到暑假期間的學校，朝體育館走去。

體育館內能看見女子籃球社的社員們香汗淋漓、全神貫注地練習。為了避免打擾她們，我悄悄走進室內。或許是大賽將至，現場沒有一人注意到我的存在。

我看準社團練習的空檔，來到雙手抱胸的笠本老師身邊出聲呼喚：

「笠本老師。」

「喔，怎麼啦？市塚，妳也要來打籃球嗎？」

老師認出我之後，親切地回應，不過當他聽見我接下來的話語，神情隨即蒙上一層陰影。

「我聽東屋提起他的病情，有些事情想請教老師。」

「東屋的病情……這樣啊，我們換個地方說吧。」

老師對社員們下達指示後，領著我移動至體育館的入口。

老師像是想用厚重的門扉擋住身影似地停下腳步，確認周圍沒有旁人後，先是搔了搔頭，才恍如自言自語地輕聲說：

「這樣啊，東屋告訴妳啦，果然當時中暑很不妙……不過，他明明拜託過我別跟任何人說……」

「果真是這樣。」

我朝老師逼近一步，如此說道。

糟透了，原本還希望事情別被那隻潑猴的猴子推理給說中。

「咦……啊！」

一時之間，老師無法明白我這句話的意思，隨後，臉色瞬間刷白。

我認定這般反應就是無可動搖的證據，抓住老師的運動外套衣領質問：

「老師！請告訴我，東屋究竟是得了什麼病？」

東屋曾說「笠本老師是好老師」，並非是因為老師對他漠不關心，而是老師未將東屋的病情告訴任何人，並且默許他擁有某種程度的自由。冷靜想想，東屋不可能會基於對人漠不關心的理由，將對方歸類為「好老師」。更何況依照那小子的基準，這世上絕大多數都是善人。

被我套話的老師雖是一臉慌亂，仍想試著轉移話題。

「市、市塚！妳居然欺瞞老師。老師可不記得有將妳教成這樣的不良學生——」

「笠本～～～！」

火冒三丈的我，一拳揍向鐵門，同時大吼出聲。

「那種小事，現在一點都不重要啊～～～！」

體育館和運動場內的吆喝瞬間消失，管弦樂社的演奏也停止。

蟬鳴聲就此中斷，甚至連樹葉的窸窣聲也聽不見。

就近聽見我這陣怒滔般嘶吼的老師，彷彿魂魄都被嚇飛似地目瞪口呆。

雖說是自己做出這種舉動，但我此刻覺得拳頭與耳朵都隱隱作痛。我揉著發疼的右手，語氣冷靜地複述剛才的話語。

「那種小事，現在一點都不重要啊。」

「……嗯。」

笠本老師被我吼得徹底放軟態度，老實地回答問題。我好歹是一介女高中生，別小看有空就去唱卡拉ＯＫ的女高中生鍛鍊出來的肺活量。

我輕輕呼出一口氣，轉換好思緒後開口說：

「老師，請別再繼續這種沒有意義的對話。就算老師不說，我也已經猜出大概，只是仍想知道真相。笨拙的隱瞞反倒會傷害東屋……至少，我是這麼認為的。」

即使笠本老師平常看起來再怎麼冒失，依然是個有責任感的大人。我相信他對於教育的熱忱，並非薄弱到被學生大吼一聲，就會坦白一切。因此，我不得不展現超出其熱忱的信念面對老師。

我若是做不到這件事，永遠無法站上與東屋相同的舞台。

老師好一會兒只是不發一語，看似在確認我的覺悟般注視著我。那雙眼眸並不是在思考要如何自保或事後該怎麼收拾，能感受到老師純粹是在為我著想。

「……妳真的想知道嗎？」

老師緩緩開口，語氣嚴肅地向我確認。

我的答案，打從一開始就決定了。話雖如此，當我聽見這個問題時，像是喉嚨裡卡著異物般，無法順利發出聲音。平時態度豪爽又有些孩子氣的笠本老師，此刻罕見地露出凝重的表情，讓我深刻感受到只要聽聞此事，就無法回頭了。

我一度闔起嘴巴，將猶豫拋諸九霄雲外後，一口氣把話說出來。

「這應該算是刻意刁難人的問題吧？」

我脫口而出的話語，奇妙地與東屋之前的說詞如出一轍。

我與東屋站在月光灑落的空地，不發一語地面對面。

先動的一方將會落敗——現場氣氛緊張到猶如正在進行決鬥。平常總是天真無邪的東屋，此刻甚至能從他身上感受到一股凌厲的氣魄。為了不輸給這股氣勢，我悄悄在往後一步的左腳上施加更多力氣。

這場無聲的交流經過足足三十秒之後——

「這樣啊，笠本老師告訴妳啦。」

先動的人是東屋智弘。

東屋目光朝下，發出一聲嘆息。我跟著把憋在體內的一口氣呼出來後，將比提問前更為巨大的空虛，化成言語拋向東屋。

「……你不否認啊？」

「我雖然不想讓人知道這件事，卻覺得應該無法隱瞞多久，畢竟市塚同學腦筋很好。」

聽到東屋半是苦笑地這麼說，我虛脫地搖了搖頭。

我的腦筋一點都不好。明明跟東屋相處那麼久、明明得到那麼多提示，我卻未曾察覺。只要稍微冷靜思考，應當能立刻注意到。證據就是老姊比我還早一步發現端倪。

我是……宇宙第一大笨蛋。

「為何你不說呢？」

聽見我開門見山的質問，東屋這次隨即做出回應。

「因為我不想被人同情。希望市塚同學與班上其他人，可以我把當成普通的同學一視同仁。」

「……你說自己是『普通的同學』，這是哪門子的笑話？」

「哈哈，這倒也是。」

你「哈哈」個什麼勁啦！為什麼在這種情況下，還能表現得這麼開心？

……不過，這下子就說得通了。東屋中暑昏倒時，之所以阻止我呼叫救護車，是因為他不想讓我知道他的病情。他在垃圾被收走後曾表示自己很幸運，是因為我並未得知他的病症。

明明當時差點賠上性命，東屋卻仍想守住祕密。又矮又笨又愛哭的他，就是為了貫徹身為垃圾山國王的驕傲。

「一開始，我的病情並沒有那麼嚴重。」

東屋拾起被風吹走的王冠，緊抱在胸前，開始說出真相。

隨著他平靜的語調所帶來的預感，令我緊張得繃緊全身。

「由於我的心臟天生比較弱，因此我容易呼吸急促，或是容易疲倦想睡覺。大概是不能隨心所欲運動的關係，體格也不太好。由於這個病難以根治，雙親也為此十分擔心，不過朋友與醫生都對我很好，所以我不覺得自己可憐。而且醫生也說，只要我乖乖就醫、持續接受適當的治療，便幾乎能像一般人那樣生活……更何況，我也要遵守與外星人的承諾。」

東屋的語氣十分平和，說難聽點就像是事不關己，讓我幾乎忘了這是東屋自身的過去。他接著說：

「不過兩年前，在我接受治療的那間醫院擔任外科主任的醫生，提議幫我動手術。假如手術成功，我就能跟大家一樣過著正常的生活。但主治醫生表示，這是個相當困難的手術，建議我打消念頭，我的雙親也抱持相同意見，而我個人則是暫時持保留態度。不過，這位外科主任很積極勸我接受手術。在與他聊天時，我不小心提到自己想成為太空人的事……」

東屋暫時止住話語，一臉尷尬地露出苦笑。

「外科主任說『這樣下去，你這輩子都無法成為太空人』。這句話就是我決定接受手術的關鍵。」

明明事不關己，我卻感受到怒火竄進腦中。

確實，太空人的甄選條件之一，是當事人必須擁有足以接受訓練，以及能夠承受在宇宙空間裡值勤、生活的健全體魄。就算是這樣，正常人會對一個孩子說這種話嗎？即使退一百步，好歹也該說「讓我來幫助你成為太空人」才對。

儘管此刻東屋說得心平氣和，但當時的情況不難想像。

外科主任那句話，肯定是東屋首度嘗到的「絕望」。

「手術最終是以失敗收場。別說沒有治好我的心臟，術後甚至併發心臟遭受病毒感染的『心內膜炎』。院方提供了一大筆慰問金，該名外科主任也被解僱，不過他們直到最後仍堅稱『開刀過程沒有疏失』、『不承認手術與併發症有明確的因果關係』……說穿了，就是常有的醫療糾紛。」

說句老實話，這種結果在我的預料中。

但是，聽見東屋親口說出這個無可動搖的事實，我感受到一股強烈的衝擊。起初我還能冷靜接受，不過恐懼感隨著東屋說的內容開始增幅……感覺上，像是一滴墨汁落入水中，隨著時間慢慢擴散開來。

「你說的病症……有這麼嚴重嗎？」

「部分案例是只要接受手術或投藥便能有效治療，可是我的情況，似乎因為術後併發症，導致情況相當不妙。原因是再次接受長時間的手術，或是投入強力的藥劑，將會對身體造成多餘的負擔。再加上我好像不太適應原先的病症，所以，去年已被醫生告知……我只能再活五年。」

東屋雙肩一聳，語氣平淡地吹噓說：

「這應該是雙親拜託醫生說的謊話，我多少能感受得到，自己已經活不了多久。因此，我認為與其就這麼死在病床上，不如在症狀和緩後出院生活。當我思考著有什麼方法能夠前往宇宙時，碰巧在樹林裡發現那座垃圾山……接下來的事情，就跟妳知道的一樣。」

東屋說完，我們之間陷入一段漫長的沉默。

我原先有許多想問的事，但聽完東屋的解釋，卻不知該如何開口。這一連串內容猶如發生在遙遠的其他世界裡，不過這一切都是站在眼前的東屋，至今所經歷的世界——即便大腦明白這個道理，我卻無法全盤接受這個事實。

我靠著唾液滋潤喉嚨，為了避免嗓音顫抖，振作起精神開口說：

「……那位外科主任，現在人在哪裡？」

「根據傳聞，他在別家醫院也引發問題，似乎受罰停職一年。」

東屋的語氣中沒有一絲憎恨或幸災樂禍，反倒能從他稍稍垂下的眼眸中，窺見些許同情的神色。

「之後我才得知，那位醫生是醫師公會幹部的兒子，聽說他常在醫院裡作威作福，導致常駐的外科醫生逐漸不足，連院長也不敢貿然對他有意見……在家世背景的影響下，可能令他產生了疏離感。我想他是希望藉由完成困難的手術，讓大家認同他的實力。」

「為什麼？為何你能像是置身事外地說出這種話？」

我再也按捺不住，以略帶煩躁的語氣質問東屋。

關於東屋沒有表現出一絲憤慨的原因，我並非完全無法理解。想必他至今已嘗盡那樣的痛苦，沒必要繼續為此鑽牛角尖。可是撇開此事不提，他那種近似輕忽自身性命的論調，以及為那位外科主任著想的發言，真令人覺得不可理喻。

更何況沒有任何證據能夠證明，東屋這番話全都屬實。

「欸，當真只是偶然發生不幸嗎？真的只有那名醫生犯錯？難道院長是為了以體面的方式趕走那名外科主任，才故意批准這項手術……是嗎？」

「……起初我也曾這麼想過。」

東屋的表情，首次蒙上一層明顯的陰影。

不過，他有如想揮別此想法似地甩了甩頭，像在說服自己般緊接著說：

「但應該沒這回事，畢竟我本來就可能因為這個手術喪命。單純為了那點小事，採行這種或許會毀掉整間醫院的政治手段，我覺得風險太大了。雖然院長並未公開承認手術過失，不過他看起來是真的很愧疚。」

「因為，未免太奇怪了吧！」

我的怒吼響遍整座寧靜的樹林，甚至覺得整個世界都為之撼動。

我想說的事，與院長是否愧疚毫無關係。那點小事，從結果反推的話，怎樣都能粉飾過去。就像我不久前，也是用那種態度對待古古亞他們。

東屋這傢伙，對於他人的惡意到底多遲鈍？

「實在太奇怪了！像那種主治醫生不敢同意又缺乏緊急性的艱難手術，豈會交給那種庸醫負責？而且還有喪命的風險。這就跟你被人殺死沒兩——」

「市塚同學……」

東屋用纖細的手指以及小聲得近似呢喃的話語，阻止我持續高漲的怒意。

他伸出食指抵在我的唇上，並用那雙宛如暗夜裡的泉水般深邃蕩漾的眼眸看著我。

「關於人的惡意，只要一產生懷疑就會沒完沒了。他人的心思，任誰都無法搞清楚。對於已經發生的結果，無論多麼客觀的答案擺在眼前，終究無法完全釐清對方的意圖。因此，我決定相信他人的善意。」

過去的記憶突然浮現在我的腦中。

——即便只是裝裝樣子也行，你好歹懷疑一下我嘛，要不然哪天當真吃到苦頭時，可不關我的事囉。

——為何東屋對於他人的惡意這麼遲鈍？

東屋不是對於他人的惡意很遲鈍，而是一如剛才所言，他賭上性命拚死相信他人的善意——為了避免自己僅剩的短暫人生，被名為憎恨的黑暗火焰所吞噬。

「我並沒有打算要求妳也秉持這種心態。因為懷疑他人的惡意，或是相信他人的善意，一樣非常辛苦。只是，我希望妳至少能常保笑容。雖然我喜歡為我生氣的妳，但即使不是為了我，我也還是比較喜歡露出笑容的妳喔。」

我拚命壓抑無處宣洩的情感，臉色變得十分難看。東屋將指頭從我的唇上移開，和顏悅色地輕輕一笑。

「只要嘴上說著好聽話，臉上保持微笑，或許內心就會跟著露出美麗的笑容，不是嗎？」

雖然我對東屋的發言抱持懷疑，但仍如他所言試著擠出笑容。

放鬆臉頰，瞇起雙眼，揚起嘴角——

但我還是笑不出來。平日理所當然般展露的笑容，現在對我來說卻困難至極，甚至深深認為那與自己無緣。

同時我也想不透，東屋理應嘗到比我更深沉的絕望，為何還能如此堅強。

「你少說那種傻話……在這種情況下，叫我怎麼笑得出來嘛……」

我沒辦法直視東屋純真的目光，只能撇開頭說出喪氣話。別說是跟著露出笑容，而是連假笑都辦不到的話，那也無可奈何。

不對……不只是假笑，我這輩子大概都沒辦法歡笑了。現在的我，難以想像未來的自己能在何種情況下、何種心境下發笑。不管是考上大學、找到工作、與人結婚、產下嬰兒、抽中頭獎，或是領取諾貝爾獎，我肯定都不會再次露出笑容——

「妳看，市塚同學。」

我隨著呼喚聲抬起頭，只見東屋不知何時已將王冠套在右手腕上，兩手各握著一根雜草。

東屋看著不解其意的我，將雜草貼在頭頂的兩側——

「兔子。」

他露出一臉天真無邪的笑容，如此說道。

面對東屋匪夷所思的舉動，我的思緒暫時停擺……不對，是停擺了十幾秒。

「……」

……咦？兔子？他說的兔子，是那個兔子嗎？小白兔？兔寶寶？

在我這麼認真煩惱的時候，你在扮兔子？

話說為何是兔子？為何現在會扯到兔子？

「我不想看到妳露出這麼悲傷的表情蹦，我想看見妳迷人的笑容蹦。」

我對於「兔子」一詞陷入語義飽和狀態註3，頓時啞然失聲。站在我面前的東屋，則開心地踮腳亂跳。

東屋頭上的兩根雜草，隨著他的動作，猶如兔子耳朵般搖來晃去。

看見這種別說是男高中生，連時下幼稚園小孩都不肯做的舉動，我破音地開口說：

「……你在做什麼？」

我麻木的大腦終於重新運作，一股不可名狀的情感從心底油然而生，但至少有一件事能夠肯定，就是這樣還不足以讓我重拾笑容。

東屋看見我的反應後，放下雙手，以五味雜陳的口吻說：

「嗯~不行蹦，既然如此……」

咦？什麼叫「不行蹦」？東屋智弘，你這句話是在對我說嗎？

「那個，我就叫你別再說那種傻話啦。」

「啊，外星人！就在市塚同學妳的背後！」

當我準備上前理論時，東屋指著我的背後，冷不防地大叫出聲。

我反射性地回頭望去，結果只有夜幕低垂的樹林映入眼簾。

心生困惑的我，突然感受到毫無防備的脖子上，傳來一股溫熱的觸感。我嚇得原地跳起，並且驚聲尖叫。

「呀~~！」

「嗚哇？」

我起先以為有蟲子掉到身上，隨後看見東屋已接近至我的身後，並且和我一樣嚇得舉起雙手。

「……你在做什麼？」

註3　意指人在重複盯著一個字或者一個單詞長時間後，會發生突然不認識該字或者單詞的情況。

我已完全明白發生了什麼事，於是單手摀著頸部，刻意擺出凶狠的模樣提問。

東屋像是被我嚇壞似地縮起身子，以細如蚊蚋的音量回答：

「……因為我想逗妳笑嘛。」

「啥？」

「我想說若是搔妳癢，或許能讓妳展露笑容。」

「啥～～～～？我看你這傢伙當真是腦子有問題吧？」

「抱歉！我沒想到妳會『呀～～』地慘叫出聲……」

「不許模仿我呀～～～～！」

「……難道比起脖子，搔妳腋下比較好嗎？」

「好你個頭啦～～！你這傢伙一臉認真地問什麼～～！」

東屋遠在「扮兔子」之上的「蠢事」，已超出我的容忍範圍，害我抱頭仰天長嘆。

接著傳來一陣輕輕的笑聲，打破了尖叫後的靜默。

不知是誰先笑出聲，也可能是我們同時發出笑聲……總覺得基本上並無太大差異。

我將目光往下移。眼前東屋的臉龐，看起來就像是照鏡子般，與此刻我的表情如出一轍。

我抱著懊悔、憎恨、開心、憐愛以及各式各樣的情感，一把抓住東屋。
「唉唷～！你別鬧了啦！笨蛋！」
東屋的臉龐近在眼前，於是我毫不猶豫地將自己的臉湊過去。
藉由重疊的唇瓣與氣息，能夠感受到東屋的震驚。
——哈，你看看！想要擺我一道，你還早了十年呢。
東屋與我，無論在哪方面都是恰恰相反。
他生性樂觀，秉持理想主義，相信人性本善，積極到令人替他捏把冷汗。
以上種種，都是我缺少的特質。
所以……我才會喜歡上東屋。
這真是一段幸福的時光。我打從心底希望，倘若能永遠留住這段時光，無論要我付出任何代價都可以。
不過，人類是一種很不方便的生物，僅憑體溫與氣息，仍無法將自己所有的心意傳達出去。
可能東屋也抱持相同想法。不知是誰先將嘴唇移開，我們默默看著彼此好一陣子。
在月光的映照下，能明顯看見東屋的雙頰染上一片緋紅。由於自己的臉頰並非因為季節的關係而滾燙不已，想來我現在的模樣可能也和他半斤八兩。

「……奪走我的初吻，代價可是很高的喔，國王。」

我刻意以滿不在乎的語調說完，東屋抿嘴一笑，得意洋洋地回答：

「呵呵，我是第二次喔。」

「……」

若是沒有經歷先前的打鬧，我肯定會當場摔一大跤。

難得的浪漫氣氛都毀了。先聲明一下，與媽媽或是鄰居阿姨的吻可不算數喔。

「你還真是不解風情耶。如果你當真成為國王，不出三天就會被人推翻吧。」

東屋維持一貫的天真態度，接受我這段參雜著嘆息的話語。

「嘿嘿，過獎了、過獎了。」

「我又沒在誇獎你。」

我一如往常地吐嘈後，東屋愉快地笑著，我也隨之笑出聲。

——只要嘴上說著好聽話，臉上保持微笑……

東屋這番話，搞不好相當貼切。我直到剛才仍獨自身陷在絕望中，但被東屋強行逗笑之後，原先那麼煩惱的心情，彷彿沒發生過似地拋到九霄雲外。

我們開心歡笑了一陣子，這次輪到東屋率先開口。

「真不可思議，無論是生病、遇見外星人、利用垃圾建造火箭，我總覺得全都是為了這一刻。」

東屋興奮地雙眼發亮，猶若有個小小的宇宙存在其中。

他將手放在胸脯上，宛如獻上祈禱般闔起眼睛。

「只要是引領我遇見市塚同學的一切……不管是生病、人們、外星人、垃圾山、大自然以及物理法則……甚至包含孕育出上述種種的一切，我全都打從心底十分感謝。」

閉上眼睛的東屋究竟看見了什麼，我可說是一清二楚。想必就跟我現在回憶起的光景完全相同。

忽然間，東屋腳步不穩地稍稍跌了一跤。

雖然他沒有整個人摔倒在地，我內心依舊閃過一抹不安。

「抱歉，我好像有點累了。」

「……東屋。」

東屋靠著樹幹蹲坐在地，正當我要開口時，卻被東屋緊接而來的話語制止了。

「市塚同學，能拜託妳什麼都別說，聽聽我任性的請求嗎？」

這句話別說是中氣不足，甚至缺乏足夠的音量。

正因為如此，這個蘊含在最低限度的媒介中、極其純粹的願望，深深刺入我的心。

「今晚我不希望被人打擾，想和市塚同學一起看星星。單獨兩人，直到永遠。」

若是我能忽視東屋的心願，那該有多麼輕鬆。

伸向手機的那隻手，此刻像受凍似地不停顫抖。

東屋將自己的未來，託付在僅僅一句的任性請求，沒有再多說什麼。

我用力深吸一口氣，花了很長一段時間才把氣呼出來。

然後，我以行動代替回答，跟著東屋蹲坐在他的身旁，將身體靠在樹幹上。

與東屋一起眺望的這片夜空，形同天然的星象館，簡直像是專為我與東屋所準備，看似超大尺寸的投影螢幕。

當然我也明白，天底下沒有這麼碰巧的好事。就算是我擅自如此認為好了，對於能與心上人一同眺望這片美麗星空的奇蹟，我仍是打從心底感激。

我輕輕握住一旁東屋的手。

東屋也回握住我的手。

「謝謝妳送我的王冠，我會當成一輩子的寶物好好珍惜。」

仔細一看，東屋仍將那頂尖刺狀的王冠戴在頭上。

你是有多喜歡那東西呀，害我高興到有些害怕了。

「把那種東西當成一輩子的寶物，你的人生也太可悲了吧？」

雖然那樣很符合東屋的作風，但他就是老是執著於那種東西，所以無論經過多久都不會長大。看樣子，我果然得告訴他各種道理才行。

「像那種騙小孩的王冠怎樣都行。在未來的日子裡，你會得到許多比那種東西更寶貴的事物。」

說出這句話的同時，我更加使勁握住東屋的手。

這麼做，是避免愚蠢的東屋迷路。這麼做，是避免幼稚的東屋走丟。

「下次我們一起去晴空塔的星象館吧，也當作是慶祝文化祭圓滿結束。你很喜歡那種地方吧？」

「嗯，一起去吧。」

「之後再一起去晴空鎮吃美食，我可是知道哪家餐廳好吃喔。」

「……嗯，去吃吧。」

「然後呀，等到考上大學，學習各種關於宇宙的知識……」

「……嗯，去學吧。」

「……並且當上太空人……」

「…………嗯，去當吧。」

我雙膝跪地，轉身面向東屋，用力地牢牢抱住他嬌小的身軀。

「到時候……再一起去見外星人喔……」

我不想就這麼離別。我不要就這麼離別。好不容易才遇見自己的「喜好」，我才不要以這樣的形式失去對方。

如果可以，我希望自己能代替東屋承受一切。比起缺乏目標與生活意義、每天得過且過的我，我更希望憨直地奔向夢想的東屋能活下去。

為了避免被東屋看見我一把鼻涕一把眼淚的模樣，我更加用力抱緊他。

就算我哭花了臉又如此不乾不脆，東屋仍十分疼惜似地溫柔撫摸我的背。

「嗯，去見外星人吧。」

我像是想留住靈魂的擁抱微微放鬆後，東屋的臉龐出現在眼前。

「笑一個，市塚同學。」

東屋的神情，英姿煥發得令人目眩神迷，而且相當成熟。與當初在垃圾山前相遇時，簡直判若兩人。

「我會一直等著妳。」

——啊……原來如此，說的也是。

拖了這麼久才重新體認到的「理所當然」，對我來說是無可取代的寶物。

——東屋跟我一樣是高中生，而且就連現在這個瞬間，也仍在繼續成長。

「所以，我希望能在最後看見妳的笑容。」

我的唇瓣不停顫抖，呼吸也變得急促。

我不想失去東屋。假如能改變這個命運，不管要我付出何種代價，我都會很樂意地雙手奉上。

但是……不管我如何哭喊耍賴，終究無法延長僅剩的時間。無論我這種人怎麼掙扎，這個世界都會既無情又冷漠地運轉下去。

讓東屋牽掛著我，導致他留下遺憾地離去，更令我難以忍受。

既然如此，我至少要用笑容送走東屋。

這是為了讓東屋明白，我已經不要緊，他不必再擔心我了。

並且，這其中也包含我的祈禱，希望東屋接下來展開的全新旅程，將會變得更加精采。

「一路順風喔，東屋。」

我放鬆臉頰，瞇起雙眼，揚起嘴角。

我沒有自信能好好展露笑容。在如此情況下，再加上自己哭花了臉，不可能有辦法展現出理想中的美麗笑容。

可是，東屋看見我的笑容後，露出由衷開心的表情回應我。

「那我走了，市塚同學。」

光是看見張嘴微笑的東屋，我便跟著感到一陣欣喜。我相信這一次，自己有露出更為自然的笑容。

即使最後沒能聽見東屋親口說，但他燦爛的笑容，就是最無可動搖的答覆。

閉上雙眼、幸福笑著的東屋，像是夢見開心的美夢。

為了避免吵醒疲倦的東屋，我輕輕幫他把王冠扶正，並在他耳邊呢喃：

「祝你能見到外星人。」

說不悲傷是騙人的，但我不可思議地沒有流下眼淚。

或許是我體內的小小東屋，把我淚腺的源頭拴上了也說不定——既然腦子裡能浮現如此脫線的想像，表示我的內心並沒有完全被悲傷占據。

沒問題的，我一定能堅持下去。因為我已經從垃圾山國王那裡，收到了能讓我抱持如此想法的勇氣。

——不過，現在先再等我一下……

我擦了擦紅腫充血的雙眼，起身抬頭仰望夜空。

一顆無名的小小流星，除了我以外，無人知曉地發出光芒、消逝而去。

終章

我是外星人

放眼望去是一片無邊無盡的黑夜。

我將手撐在聳立的灰白色牆壁上，用力深呼吸一次。

我現在可是責任重大。萬一我失手從這裡摔下去，將會以日本國恥之姿永世流傳。以這種形式留名於歷史，我可是敬謝不敏。

此刻的我，就連自己都覺得不可思議，內心竟然沒有一絲猶豫或恐懼。

而且，我清楚明白自己該怎麼做。彷彿能聽見從故障的部分傳來「快修理我」這句話，或是有人溫柔地提醒「稍微幫那裡修理一下」。

我遵循那道聲音，穿過靜止於頭頂上方的大量巨型機械手臂之間，默默地展開作業。因為內藏的無線電會將聲音傳出去，所以再怎麼想自言自語，也不可能真的說出口。

由於遭受小型太空垃圾撞擊，造成從地表遠端操控的機器人有一部分毀損了。現在已從維修用外殼入侵機器人內部的我，在形形色色的電線與管線中找到目標物。我謹慎又迅速地取下受損零件，接著把相連於手腕繩索上的備用零件安裝進去。隨後，確實從手中傳來一種類似嵌入七巧板的感覺。

達成目標後，我爬至外側，語氣平淡地用無線電耳麥報告成果。

「這裡是市塚，機器人的電子基板已更換完畢，請準備重新啟動。」

『這裡是吉田。明白了，接下來交由地表管制室處理，進入重啟系統程序。』

吉田隊長結束通話後，無線電傳來進行作業的聲響。

經過短暫的沉默，原先無力低垂的所有白色機器手臂，猶若被餵食飼料的動物般，活力充沛地產生反應。

吉田隊長一如往常的嚴肅口吻中，帶有些許欣喜的語調。

『重新啟動完畢，機器人已恢復正常。任務成功，妳做得很好。』

心中的緊張舒緩後，我將憋在肺裡的空氣呼出來。

即使大腦明白一切都沒問題，但在實際聽見結果前，內心仍會忐忑不安。好歹自己也是代表日本來到這裡，假若我把龐大的稅金，像是丟入臭水溝般地短短回答一句「修不好」，下次的任務很可能會被送去坐冷板凳。

『辛苦妳了，市塚，快回來喘口氣吧。』

聽完吉田隊長送來口頭上的慰勞，我仰望著頭頂上的太陽能板說：

「這裡是市塚。我在進入太空前，從『夜明』的太陽能生成器顯示板確認到微弱雜訊。為求謹慎，我想前往現場確認並做簡易調整，希望能批准。」

『妳的氧氣還能維持多久？』

「可以達四個小時。」

隨時顯示於頭盔抬頭顯示器上的生命跡象監控系統，也全都顯示正常，無論是腦波、脈搏、呼吸、血壓都沒有異狀。

『好吧，但妳要隨時謹記基本守則。在太空梭外活動時，氧氣的消耗比想像中更劇烈，而且伴隨許多風險。如果經過三十分鐘或發現任何異狀，妳就立刻回來。』

「收到。」

我結束通訊，將維生繩索綁在「夜明」的外殼上，朝太陽能生成器的中樞前進。途中，我基於些許罪惡感，在心中向吉田隊長道歉。

其實太陽能生成器有異狀只占了一半的理由，另一半純粹是基於我想暫時待在太空梭外的個人願望。若是據實以告，吉田隊長應該也會同意，可是我們的對話紀錄會全數保留下來，就算對外再如何保密，要將自己的弱點暴露在他人面前，我仍會感到很不是滋味。

我不經意地抬頭往上方望去。

在發出藍色光輝的巨大星球中心，能看見在天氣預報裡司空見慣的細長狀綠色土地。

看來我恰巧通過日本正上方。記得現在剛好是日本時間晚上十點左右。收看新聞的少部分人，或許會朝著這裡揮手打招呼。

心血來潮想服務一下觀眾的我，朝著地球揮了揮手，在腦中喃喃自語。

——地球果真是藍色的球體喔，東屋。

現在是西元二〇三二年八月，同樣正值我最討厭的夏天。

此刻的我，飄浮在距離地表四百公里遠的宇宙空間裡。

我在高中畢業後，考上大學的理工系，專攻航太工程。

這麼做的理由，當然是為了成為太空人。因為我想代替過世的東屋，親眼看看他即使賭上性命仍想看見的景色。

距今約五年前，在宇宙航空研究開發機構（ＪＡＸＡ）的主導下，日本自製的載人太空梭史上首次發射成功。經過多次的太空梭試射後，ＪＡＸＡ開始推動日本太空站「夜明」計畫，隨之而來的日本籍太空人招募活動，也比以前更常舉辦。由於針對航太工程系學生的獎學金制度也日漸完善，如今相較於十五年前的環境，應該多少讓民眾更容易成為太空人。

當然蓬勃的科技發展，並非僅限於航太工程。

過去無法治療的疑難雜症，相信現在或許都有辦法醫治了。

「……」

我停下檢修太陽能生成器的手。

事實上，我根本沒在進行檢修之類的工作。即使近乎反射動作地挪動雙手，大腦也不停想著其他事情。

當我回神時，已無心繼續作業，於是雙手一攤，橫躺在宇宙空間裡。

我們搭乘的太空梭與建造中的「夜明」組裝在一起，自太空梭延伸的維生繩索，如同臍帶般繫在我的背上。包含吉田隊長在內的三名成員，此刻應當正在太空梭內辛勤工作，唯獨我像隻水母似地發呆，這樣當真沒問題嗎？這害我陷入自我厭惡的連鎖之中。

無須多提，像這樣疲於奔命的情況並非僅限於太空人。

古古亞從高中畢業後，就讀大學的護理系，現在以一名護理師的身分任職於大學醫院。我不否認這跟她高中時表示「想從事幫助貧困孩子的工作」有些落差，但根據偶爾與她聯絡所得知的近況來看，她似乎過著公私兩方面都很充實的生活。想必是她以自己的方式經歷了多次失敗，最終贏得打從心底能夠接受的未來。

——即使並未升空，也不表示白白浪費當時努力的過程。

——反倒是，如果輕鬆飛上宇宙，當事人未必能真切體會到成就感。

——不管夢想實現與否，我認為實際上並沒有太大差異。

東屋昔日說過的這些話，令我的胸口傳來一陣刺痛。

「……我好寂寞喔。」

我不經意地如此低語。

人類以肉身前往宇宙時，身體似乎不會爆裂或結凍，就連血液也不會沸騰。縱然在肉身狀態下，只要採取適當的應對方式（具體而言就是不斷吐氣），依舊能維持十幾秒的意識，超過這段時間，則會因為缺氧休克而窒息身亡，之後根據與恆星的相對位置，在沒有被直曬的情況下，細胞會因汽化冷卻而慢慢壞死。雖然宇宙空間對人類而言仍是相當致命，但至少不會讓人立即喪命，也不會死得屍骨無存或受盡折磨而死。

想姑且一試的心情，對我來說也並非完全沒有。

當然，我不會付諸實行。先不提死前能否留下遺言，在賭上國家威信的任務中自殺，可不是一句「責任自負」就能了事。隊長被究責可說是無庸置疑，最糟糕的情況，JAXA可能還會向家屬索賠。

但我在這項任務裡……不對，恐怕是就連對自己的人生，都無法找出單純進行作業以上的價值。

當初通過太空人選拔、首次飛向宇宙時，我確實很興奮，並且多少抱有要為航太工程發展帶來貢獻的使命感。在執行任務時，我也是戰戰兢兢地面對；順利完成後，也有得到成就感。

不過我就是我，就算窮極一生也無法取代東屋。

任憑我如何將這幅光景烙印在眼底，真正想看見此景色的人已不復存在。

所謂的宇宙，果真只是無盡的黑暗與永恆的冰冷。

「我好寂寞喔……東屋……」

就算找遍整個宇宙，東屋也已經不在了。

東屋想見的外星人，完全沒有任何能夠相遇的徵兆。

如今已失去名為東屋的指標，生活在這片宇宙裡，對我來說真的太過遼闊——

子。

『……塚……市……市塚！』

「哇？」

飄浮在宇宙空間、沉浸於感傷中的我，耳邊傳來吉田隊長的呼叫聲，我連忙撐起身

縱向旋轉三圈半後完美落地的我，破音地開口回應：

「請、請問有什麼事嗎？吉田隊長！」

是我的自言自語被聽見？還是修理的部分產生異狀？或是隊長終於發現我在偷懶而準備斥責？我已做好心理準備，但答案並非上述之中的任何一個。

吉田隊長的語氣不像是動怒，而是能感受到他現在非常急迫。

『妳趕快返回船艙內！一公里前方出現高能源反應！我們要立刻脫離此地！』

吉田隊長才把話說到一半，我已目擊高能源反應的真面目，同時理解吉田隊長為何如此慌張。

漆黑空間裡產生一股漩渦，就出現在我與地球之間。從這裡看去，彷彿地球被開了一個洞。大概是高密度能量的關係，漩渦的輪廓有如海市蜃樓般搖曳不定。

面對這難以理解又突如其來的雙重打擊，我跟吉田隊長一樣難掩錯愕。

「那、那是什麼！黑洞嗎？」

『不清楚！但是多一事不如少一事！總之我們得趕緊離開！』

說時遲那時快，與太空梭相連的維生繩索已開始收線，我一如字面上的意思，開始被拉向太空梭。

啊，這樣還挺有趣的，自己就像一隻被釣起的魚，或是夾娃娃機裡的獎品。這裡是市塚，準備返回——

唰。

不祥的聲音並非傳進我耳裡，而是透過太空衣傳來震動。

短短一瞬間，我以目光捕捉到的畫面，是在黑暗中發出寒光、體積很小卻很銳利的金屬碎片（太空垃圾）。

也不知是因為它的體積過小，太空梭搭載的高靈敏度感應器無法偵測到，或是受眼前的高能源反應干擾，才導致這種情況。

其實不管是何種原因都沒差，唯一能肯定的結果，是失去保命繩的我，在繩索被切斷與地球引力的連續技之下，以猛烈的速度被拋向那股能量。

——不會吧！

我大吃一驚，連忙啟動自我急救推進裝置（SAFER）。由於我以詭異的姿勢噴出推進劑，反倒讓我加速衝向能源體。

腦中浮現出「死亡」二字。

先前那般豁達的想法早已消失無蹤，我拚命揮動四肢，想抓住逐漸遠去的「夜明」。

「喔啦啊啊啊啊啊啊啊啊啊啊啊！」

感覺上太空梭內與地表管制室裡，都會傳出我這陣沒氣質的嘶吼聲，但我現在已無暇介意那種事。老實說，我不想體驗被黑洞壓縮至原子程度的死法。我對於求生的執著，總覺得在這短短一瞬間，甚至能夠抗拒地球引力。

不過事實證明，那只是我的錯覺而已。

畢竟地球擁有足以牽制住月球的蠻力，光憑一介人類，豈有辦法與之抗衡。

於是，我的身體以完美的角度，從頭部被吸入那個來路不明的能源體之中。

我連同這身笨重的太空衣，被毫無規律地亂甩一通，不禁覺得自己是正遭受離心分離處理的奶油之類的東西。

無線電裡充滿雜訊，聽不見其他聲音，恐怕其他人根本接收不到我的呼喊。事實上，就連我也搞不清楚自己正在尖叫還是保持沉默。

可是在被甩得七葷八素的同時，我不知為何能肯定自己是朝著某個方向前進。

我現在看不見前方，分不清盡頭，就連做出承受衝擊的準備都辦不到。

最終——我突然被拋在一片堅硬的地板上，這才終於停止移動。

「噗呼！」

雖說身體受到堅固的太空衣保護，但是從劇烈搖晃中猛然靜止，著實讓人吃不消。我的平衡感徹底失控，直到現在仍覺得自己的身體在旋轉。看來我逃過了一死的命運，遺憾的是我沒有餘力為此慶幸。

糟糕，好想吐，但在頭盔裡盡情解放的話，絕對是最糟糕的選擇。

我緊閉雙眼，維持趴倒的姿勢，強行重啟身體的感覺後，才睜開眼睛。

映入眼簾的光景——令我不禁眉頭深鎖。

「……啥？」

眼前能看見排列得井然有序的長方形稻田，我位在農田之間的一條小徑上。四面八方盡是青綠色的水稻，隔著太空衣仍可聽見青蛙吵雜的叫聲。太陽早已沒入地平線，無數繁星爭奇鬥豔地在我頭頂上方閃閃發亮。

這裡是地球？還是其他星球？那個能源反應是類似蟲洞的存在嗎？

「……這裡是市塚，吉田隊長，聽到請回答。」

我抱著抓住最後一根救命稻草的心情，使用無線電呼救，但一如螢幕上的「通訊範圍外」燈號所示，無線電毫無回應。

由於結果不出預料，我決定不再白費力氣，先想辦法釐清現狀。

這裡怎麼看都像是地球……真要說來很像是日本，但假如只是非常相似的其他星球，我在脫下太空衣的瞬間，很可能一命嗚呼。該說是不幸中的大幸嗎？由於生命維持裝置還在運作，為求慎重，我決定繼續穿著太空衣行動。

由於研發太空衣時也考量到要能於地球以外的星球活動，因此二〇三二年的太空衣加強了輕量化與動力輔助，目前已輕便到即使在地球表面，也能讓人獨自穿脫或走動的程度。只不過，要說重還是很重，終究會令人行動不便，但這都是為了保命，造成某種程度上的不便也是莫可奈何。

眺望稻田的另一端，同樣能看見近似日本住宅的建築物。既然有燈光，表示這裡存在某種智慧生命體發展出來的文明，希望可以用日語或英語溝通。

地球代表市塚美鈴，正式出發。

當我誇大地鼓舞自己的下個瞬間，感受到有人正從身後接近。

「那、那個……」

耳朵捕捉到的聲音，聽起來很像是日語。

我轉過身，也不知對方是何時接近的，只見一名男孩站在那裡。

年紀大約是六至七歲，有光澤的黑髮與白得病懨懨的肌膚，莫名散發一股少女般的氛圍。他身上那套星星圖案的睡衣，尺寸似乎與他的體型不合，袖子過長到略顯彆扭。

男孩露出既緊張又渾身緊繃的模樣，再次向我提問。

「你是誰？在這裡做什麼呢？」

我這次清楚聽見整句話的內容。這套太空衣並不具備語言翻譯功能，換言之，這孩子是日本人，這裡果真是地球上的日本。

咦？所以，我當真穿過大氣層，跌落至四百公里下方的日本嗎？但以這種情況而言，我的傷勢未免太輕了不是嗎？而且這套太空衣的硬度等同於隕石不是嗎？由此產生的衝擊，好歹會形成隕石坑之類的不是嗎？雖然，若是我當真傳送至其他星球，同樣也是個問題啦。

算了，既然被人詢問，正面回答才符合禮數，你就把本小姐的大名銘記在心吧。

我是——

——我小時候摸黑外出散步時，遇見一名外星人。

一段十分久遠，但直到現在仍令我印象深刻的記憶，突如其來地閃過腦中。

「咦！」

我把即將脫口而出的話語吞回去，取而代之發出呼氣似的聲音。

為何我會剛剛好想起那麼久以前的那句話呢？就連我自己都無法理解。

但唯獨這種並非是記憶領域一時興起的直覺，不知為何清晰地存在於我心中。

我為了找出原因，目不轉睛地觀察少年的臉龐。

應當是初次見面的這名少年，面容卻令我感到莫名懷念。

「……咦？」

——他背後拖著一條好幾公尺長的白色尾巴……

我因為緊接著回想起的話語，戰戰兢兢地扭頭確認自己身後。

被太空垃圾切斷的維生繩索，就像一條尾巴般，從我背後垂至地面。

想當然耳，為了讓人在漆黑無比的宇宙空間中易於辨識，繩索漆成純白色。

「……啊……」

——你恰巧遇見的那名外星人，用日語和你許下承諾嗎？

為什麼？

怎麼會？

東屋是為了再次見到外星人，才開始製作火箭。

換句話說，若是東屋沒有見到外星人，我與他的命運就不會交錯。

說穿了，就連我成為太空人的現在，恐怕也不會成真。

「我是……」

——你說這位自稱是外星人的傢伙，穿著地球製造的太空衣嗎？

大腦高速運轉，呼吸越來越急促，心臟劇烈鼓動，血液在體內奔流。

顯現於抬頭顯示器上的生命跡象監控系統，以血紅色的警示執拗地提醒我。

究竟是哪一邊先出現？是先有雞？還是先有蛋？

「我……我是……」

——那樣子劈頭就說「我是外星人」，是哪門子的自我介紹？如果那樣都ＯＫ，本小姐也是外星人啦。

但如今已無庸置疑。

我不明白個中理由，也不懂其中道理。

擺在眼前的現實，就是一切的真相。

「我……我是……」

——祝你能見到外星人。

這名外星人……

東屋遇見的這名外星人……

穿著地球製的太空衣、說著日語的這名外星人……

「我是……外星人……」

這裡是過去的日本。東屋遇見的外星人，就是穿越時空的我。

一股就連方才的激烈搖晃都無法比擬的巨大衝擊，大肆震撼著我的腦袋，害我幾乎快跪坐在地。

不過太空衣搭載的動力輔助裝置，彷彿在強調「妳還沒把話說完吧」支撐著我。

少年把我的喃喃自語當成自我介紹，閃閃發亮的雙眼完全不輸給天上繁星。

「……你是外星人？真的嗎？真的是真的嗎？」

啊～錯不了。看這個反應，他肯定就是東屋智弘。

我拚命把湧上心頭的笑意與淚水拋諸腦後，雙手扠在腰上，扯開嗓門大聲宣布：

「當然是真的囉，我是貨真價實的外星人。」

我沒有撒謊，就廣義上來說，我和東屋都是外星人。

話說回來，怎會有如此脫線的事情？東屋引頸期盼的外星人，當他就讀高中時，一直在他身邊嘛。

算了……包含這副蠢樣在內，都很符合東屋的風格。

「外星人，你在這裡做什麼呢？」

「哼哼，實不相瞞，我是來見你的。」

「咦，來見我的？真的嗎？為什麼呢？」

「那是因為……哎呀，差點說溜嘴，萬一讓其他地球人聽見這件事，可是會引起軒然大波。」

「喔～～」

東屋別說是起疑，還用那雙閃閃發亮的眼睛仰望著我。

啊，糟糕，真好玩。與迷你東屋大玩假扮外星人遊戲，當真太有趣了。

無論是把我的鬼扯全都當真的純真，只到達我肚臍的身高，尚未長齊的牙齒，鬆垮垮的睡衣，女孩般的飄逸秀髮……

以及無條件相信他人的善意，純樸可愛的笑容……

闊別十五年再次重逢的東屋，一切都如此惹人憐愛。

是否該繼續強忍下去的猶豫，只在我心中閃過短短一瞬間。

「……小弟弟，能麻煩你暫時閉上雙眼嗎？」

面對我的請求，東屋不可思議地反問：

「咦，為什麼呢？」

「你別問這麼多，直到我說可以之前，絕對不准睜開眼睛喔。」

不知是因為極為坦率的個性使然，或是誤以為不聽從就會被抓去吃掉，總之東屋順從我的指示，緊緊閉上雙眼。

確認東屋沒有瞇著眼睛偷看後，我操作手臂上的觸控面板，解除頭盔的安全鎖。當臉龐接觸到外面的空氣時，肺裡充滿夏日特有的濕氣與泥土味。

我把頭盔放在腳邊，在東屋面前蹲下來，窺探他的臉龐。

隨後，我與他的嘴唇輕輕地重疊在一起。

儘管只是短短一秒鐘的時間，卻能經由唇瓣感受到東屋的驚慌。東屋像是心癢難耐似地想睜開雙眼，渾身不住微微顫抖。

為了讓東屋安心，我隔著太空衣，溫柔地將他抱進懷裡。

「我會等著你。」

我貼著東屋的臉頰，說出這句話。

說實話，我想留在這個時代。如果能待在東屋身邊，幫他改變等待在未來的死亡命運，即使要我撇下自己身在未來所執行的任務，或是失去與東屋在那年夏天的回憶，我都不在意。

比起國家的威信，以及自己的回憶，我更希望東屋能夠活下去。

可是……我已經注意到了。從方才就宛如潛意識般浮現於腦海裡的宇宙空間影像，並非單純基於工作習慣而產生的錯覺。

擺在地面的頭盔，顯示「通訊範圍外」的警示燈不停閃爍，並且能從無線電耳麥中，隱約聽見雜訊裡夾雜著人的說話聲。

感覺上像是把來自未來、誤闖過去的我，視為異物準備排除。

無論這是哪位神明不慎犯下的失誤，或是基於好意為我帶來的短暫美夢，基本上都大同小異。

我所剩的時間……恐怕不多了。

——所謂的神明，性情是有多惡劣啊。

想必祂對於我在心中的咒罵也嗤之以鼻吧。我與東屋不同，要我相信這般強行安排的壞心眼命運，其實是個滿懷善意的傢伙所安排的，我想自己這輩子都辦不到吧。

因此，我不是將自己的想法託付給不知身在何處的神明，而是就在眼前的東屋。

我想訴說的事情多不勝數，我想傳達的事情多如繁星。

我回想起東屋的笑容，挑選出最容易讓東屋謹記在心的話語，並且說出來。

「我有事情無論如何都想告訴你，所以有朝一日，你務必要來宇宙見我。不管是幾年後或幾十年後，我會一直在這片天空的上方等著你。」

告訴他，不要輸給這樣的命運。告訴他，要對人生抱持希望活下去。

告訴他，希望他能步上與當時不一樣的未來。
在逐漸逼近的最後時限裡，我將心中湧現的思念全都寄託在言語之中。
我拚命動著發顫的唇瓣，像在祈求似地傳達給東屋。
「你不要焦急……不要慌張……只要活在世上，我們終有一天必定能相見……」
被我這身厚重太空衣包覆住的東屋，既嬌小又纖細到彷彿快被壓垮一樣。
不過東屋沒有出聲，也沒有睜開雙眼，反倒主動伸手環抱著我。
面對來自小小生命的觸感，我將排山倒海湧現的激情，灌注在話語中告訴東屋。
「我會……一直等著你！」
此話的後半段已是泣不成聲。我能感受到眼眶發熱、嘴唇發顫，光是要編織出這句話就已費盡全力。
我不清楚自己的話語能傳達給東屋多少，也不明白他會記得多久。
但是與我相擁的東屋，在我耳邊清楚地回答：
「嗯，一言為定。」
我吸了吸鼻子，破涕為笑。
真的好開心。即使東屋再笨拙、再不可靠，或是根本不認識我，但能像這樣與他交談，對我來說已是無可取代的奇蹟。

我放開東屋，戴好頭盔後重新看著他。

「好孩子，你可以睜開眼睛了。我送你一個能夠遵守承諾的咒語。」

我蹲在張開雙眼的東屋面前，伸出自己被手套包住的粗壯小指。

東屋戰戰兢兢地伸出自己的小指，與我的小指勾在一起。

「我們來打勾勾發誓，撒謊的人要被揍趴一千次。」

我上下動了動勾在一起的小指後，東屋滿臉通紅得像顆蘋果，並且用力點頭。

當我在頭盔裡露出微笑的瞬間，身影宛若電視出現雜訊般開始扭曲。

無線電的雜訊隨之增強，變得越來越刺耳。

這裡不是我應該存在的世界，就算我再如何渴求，未來也不會改變。

這種事情，我早已切身明白。

所以我把它留在這裡，把它留給東屋。

這是我曾經存在於此的證明（承諾）。這是為了讓東屋活下去的話語（希望）。

我把它留給自己最為敬愛的垃圾山國王，東屋智弘。

「……外星人，你不要緊吧？」

身影的扭曲變得更為激烈，東屋擔心地注視著我。
為了替東屋趕跑他心中的不安，我輕輕鬆開他的手指，伸直雙腿重新站好。
為的是讓東屋看明白，我長得比他更高大。
也像是在安慰自己，我比自己想像中的更為堅強。
「你放心，外星人是很強悍的，但我差不多該回去了。」
「咦～這麼快就要道別了嗎？」
東屋看似打從心底感到寂寞，令我不禁覺得好笑，於是再次稍稍笑出聲。
為了避免這場猴戲被人識破，我以認真的態度敷衍過去。
「沒那回事，這不是道別，因為你我終有一天會再見面。」
「……這樣啊，說的也是，拜拜。」
東屋似乎鬆了一口氣，換上原本的笑容說：
「路上小心喔，外星人。」
不知不覺間，一滴淚珠滑過我的臉頰。
我回過神，用力甩了甩頭，將這股情緒拋諸腦後。都已忍耐這麼久，這樣可是會功虧一簣。

就算東屋看不見，我在他面前的模樣，也不該是哭泣的表情。
「那我出發囉，地球人小弟。」
我回以笑容的下個瞬間——
身影猶如影像中斷般，從東屋面前消失無蹤。

一片漆黑，讓人分不清上下左右。
因為這裡是宇宙之中——其實原因不光如此，而是我暫時不想睜開雙眼。
我孤零零地被拋入宇宙空間後，再也承受不住地低聲啜泣。
一股前所未見的懊悔占據我的心。因為軟弱而無法對東屋說「別接受手術」的我，事到如今才為此倍感煎熬。
即便東屋坦率聽從我的提醒，一輩子都沒有接受手術而無法成為太空人，我也應該提醒他。話雖如此，東屋在垃圾山向我訴說對於宇宙的憧憬時所露出的笑容，我說什麼都難以忘懷。
不再是一心一意努力想前往宇宙的東屋……我實在是想像不出來。

「咚」的一聲，我的手部傳來一股堅硬觸感。

身處在宇宙空間裡，就連替自己擦拭淚水都不被允許。

『隊長！是市塚小姐的訊號！』

『什麼？市塚！喂，市塚！妳還活著嗎？喂！』

來自無線電的呼喚，聽起來就像鬧鈴聲。

這也無可厚非，在宇宙空間裡打瞌睡，根本是前所未聞的荒唐事。別說是身為一名太空人，甚至讓人懷疑是否擁有身為社會人士的自覺。

美夢已結束，不能老是沉浸在餘韻中。

我睜開眼睛，以極為冷靜的語氣回應。

「……這裡是市塚，正利用ＳＡＦＥＲ自行脫困中，目前急需救援。」

『明白了，我們立即前往！聽著，務必要保持冷靜！首先就是冷靜待在那裡！身處宇宙空間最主要的大敵，就是急躁！』

——現在最不冷靜的人，明明是吉田隊長啊。

我感到莫名好笑，不禁笑出聲來。看來只要有心，在何種狀況下都有辦法笑呢。

於是，太空梭派出一名綁著維生繩索的太空人，以游泳般的順暢動作接近我。對方將手腕繩索的另一端綁在我的手腕上，並且牽住我的手之後，用無線電通知太空梭，把我們兩人一起拉回去。

這次，我沒有受到太空垃圾妨礙，順利返回太空梭。緊閉的氣密門開始增壓，幾十秒後，通往船內的門扉被推開。

走進來的吉田隊長與另外兩名男女隊員，皆露出感慨的表情看著我。包含我在內，搭乘這艘太空梭的成員共計四名，換言之，所有人都來迎接我了。

吉田隊長等人等不及氣密門完全打開，便一起撲到我身上。

「妳還好嗎？市塚！沒有受傷吧？」

「我沒事……只是經歷了一段有些不可思議的體驗而已。」

我脫下頭盔，淡然搖了搖頭。

很高興見到大家這麼關心我，但我實在沒臉表示，自己剛才是跟一個孩子在玩假扮外星人遊戲。相較於慌亂的隊長等人，我的心情平靜得連自己都感到訝異。

「妳說的體驗究竟是……」

男性隊員好奇地注視我，但吉田隊長伸手制止他繼續提問，俐落地下達指示。

「等等，有話晚點再說。市塚，妳馬上去接受檢查。喂，東屋！」

「就算隊長不說，我也有此打算！」

聽見一旁傳來的聲音，我不禁懷疑起自己的耳朵。

「咦……」

我愣在原地，目不轉睛看向眼前的隊長與另外兩名男女隊員。

包含我在內，成員一共是四名。

既然如此……前來救助我的人，到底是誰？

我慢慢地，猶若脖子生鏽般慢慢地扭頭望去。

看清楚對方摘下頭盔的容貌時——我驚愕得幾乎忘記呼吸。

「妳還好嗎？市塚小姐！沒有受傷吧？立刻跟我到醫務室接受檢查！」

神情焦急的他，有一張我首次見到的容貌，看起來威風凜凜、精明能幹，而且長得比我高。

不過，我確實知道他的身分。

因為，他是我在這個世上最深愛的人。

而且不久前，我才與幼年時期的他接觸過。

「東屋先生真是心急如焚喔。妳被黑洞吸入後，他不聽勸阻急著要去找妳，我們可是三人聯手才終於制止他。再次接收到妳的訊號後，也是他率先自告奮勇要去迎接妳……」

女性隊員這番聽似調侃的話語，根本沒有傳進我耳中。

我一副失魂落魄的模樣，目瞪口呆地望著身旁的他。

「啊……」

隊員們此時終於注意到我的異狀，對我投以擔憂的眼神。

這也無可奈何，畢竟我也覺得自己的腦袋有問題。

「你是……東屋嗎……？」

他聽見我細如蚊蚋的聲音後，狀似困惑地回以微笑。

「那個……市塚小姐，妳怎麼了？」

由於我太過慌亂，因此一把抓住他的領口，大聲質問：

「東屋？你是東屋嗎？當真是東屋智弘嗎？你的心臟病怎麼了？」

「咦？我早在三年前就接受手術治好啦，況且手術當天，妳也有來醫院……等、市塚小姐，妳弄得我好痛。」

剎那間，我的各種情感形同潰堤般宣洩出來。

我鬆開抓住領口的手，使出渾身力氣抱緊東屋。

「我是外星人喔！」

由於力道過猛，我們兩人要好地一頭撞在天花板上，但是對於此刻的我而言，這樣的疼痛也令我很開心。

我將臉湊近一頭霧水的東屋，以快要頂到彼此鼻頭的距離繼續喊說：

「我就是外星人！終於見面囉！我們終於見面了，東屋！你守住了我們之間的承諾喔！」

東屋跨越了死亡的命運。

東屋收到了我在那晚所傳達的訊息。

東屋當真來見外星人——來見我了。

「市塚小姐是……外星人……？」

東屋呆若木雞地低語，眼眶逐漸盈滿淚水。

啊～果真是東屋，無論他如何成長，無論他的外表如何改變，東屋就是東屋。

「真的嗎……真的是真的嗎？市塚小姐妳就是當時的……」

我把臉埋進東屋胸口，不斷點頭。

「沒錯……就是我……我就是外星人喔……」

我們的淚水飄浮在無重力空間裡，恍如星星般閃閃發亮。
東屋拯救我時所使用的繩索，現在仍將我和他綁在一起。
我絕不會再離開東屋。即使對手是惡魔或神明，也別想奪走他。
我抬起涕淚交加的臉龐，同時露出最燦爛的笑容，將我承諾過的那句話送給東屋。
「我回來了！最喜歡你了，東屋！」

以小說破壞這個令人痛苦的世界，
重建一個不同的世界吧！

為這個世界獻上 i

佐野徹夜／著　柯璇／譯

身為作家的摯友吉野逝世後，染井覺得自己的人生也已走到盡頭。他每天發信給吉野的電子信箱，但理應不會回應的信箱，某日傳來訊息：『正因為你對現實懷抱期待，才會一事無成。』不該存在的郵件往返，令染井漸漸找回失去的時間。
而在收到吉野最後的訊息後，等待染井的是出乎意料的震撼結局……

定價：NT$280/HK$85

獻給活在當下的每一個人，
最為極致動人的愛情故事——

妳在月夜裡閃耀光輝

佐野徹夜／著　韓宛庭／譯

重要之人辭世後，岡田卓也只是渾渾噩噩活著，直到他在高中邂逅一位罹患「發光病」的絕症少女，並答應幫忙她實現願望。
當清單上的願望一個個消去，少女的生命也靜靜消逝。終於，少女在月夜散發出燦爛光芒，她的最後一個願望是——

定價：NT$280/HK$85

國家圖書館出版品預行編目資料

天空之上的永恆約定 / こがらし輪音作；李逸凡譯.
-- 初版. -- 臺北市：臺灣角川，2018.11
面；　公分. --（角川輕文學）

譯自：この空の上で、いつまでも君を待っている
ISBN 978-957-564-593-9(平裝）

861.57　　107016296

天空之上的永恆約定

原著名＊この空の上で、いつまでも君を待っている

作　　者＊こがらし輪音
插　　畫＊ナナカワ
譯　　者＊李逸凡

2018年11月15日　初版第1刷發行
2023年3月15日　初版第3刷發行

發 行 人＊岩崎剛人
總　　監＊呂慧君
總 編 輯＊蔡佩芬
主　　編＊李維莉
美術設計＊邱靖婷
印　　務＊李明修（主任）、張加恩（主任）、張凱棋

台灣角川

發 行 所＊台灣角川股份有限公司
地　　址＊104台北市中山區松江路223號3樓
電　　話＊（02）2515-3000
傳　　真＊（02）2515-0033
網　　址＊www.kadokawa.com.tw
劃撥帳戶＊台灣角川股份有限公司
劃撥帳號＊19487412
法律顧問＊有澤法律事務所
製　　版＊尚騰印刷事業有限公司
I S B N＊978-957-564-593-9